T0402121

LOVE, UNFILTERED

GIGI VIVES

LOVE, UNFILTERED

Rocaeditorial

Penguin
Random House
Grupo Editorial

Primera edición: octubre de 2024

© 2024, Gigi Vives
© 2024, Roca Editorial de Libros, S. L. U.
Travessera de Gràcia, 47-49. 08021 Barcelona

Printed in Spain – Impreso en España

ISBN: 978-84-19743-14-5
Depósito legal: B-12829-2024

Compuesto en Mirakel Studio, S. L. U.

Impreso en Liberdúplex,
Sant Llorenç d'Hortons (Barcelona)

R E 4 3 1 4 5

Quiero dedicar este libro a mis amigas.
Gracias por recordarme cada día que el amor
verdadero empieza por una misma,
por la paciencia y por ser mis true soulmates

Here lies Carrie. She had two loves and lots o' shoes.

CARRIE BRADSHAW,
Sexo en Nueva York

Prólogo

¿Los maravillosos treinta o los malditos treinta?
Pensar que eres Carrie Bradshaw, pero darte cuenta de que eres Bridget Jones

Llevo años creyéndome que soy Carrie Bradshaw. Y es que, cuanto más veo la serie, más me identifico con ella. A veces, me pongo un episodio aleatorio de *Sexo en Nueva York* y parece que los astros se han alineado, pues justo le pasan cosas muy similares a las que estoy viviendo yo en ese momento. Como Carrie, no tengo ahorros, mis amigas son todo para mí, a veces compro *Vogue* en vez de comida, acabaré siendo la mujer que vive en sus zapatos y… sigo en busca de mi Mr. Big.

Aunque he de confesar una cosa a mi pesar: mi vida empieza a asemejarse más bien a la de Bridget

Jones. Como ella, no paro de tropezarme (literalmente), bebo más vodka del que debería, hago poco ejercicio y, si lo hago, después parece que me ha atropellado un camión, uso bragas tipo faja cuando salgo de fiesta, porque ya estoy segura de que solo me las voy a ver yo…, y me paso muchas noches viendo películas en solitario, enroscada en el edredón y con un pijama estampado de preadolescente.

Acabo de cumplir treinta años. Treinta. La cifra resuena en mi cabeza como un gong. Nunca pensé que llegaría a los treinta sintiéndome así, sola… y soltera. Al mismo tiempo, mis amigas se encargan a diario de recordármelo, sé que soy una triunfadora. Sí, tengo éxito. No paro de trabajar, es verdad. Tengo un piso de alquiler ideal. Y no me puedo quejar de armario, igualito al que siempre soñé. No me falta tampoco una familia unida que me quiere. Además, vivo en una ciudad que adoro: Barcelona. Viajo por todo el mundo gratis, y a veces incluso cobrando… Aun así, os juro que es tan constante y habitual la contradicción y el sinsentido en mi vida que a veces creo que protagonizo una película mal dirigida.

Barcelona. Mi hogar, mi ciudad y mi pequeña Gran Manzana personal desde hace ocho años. Yo siempre había querido vivir en Barcelona y tener una vida social intensa y llena de aventuras, como en las películas que no me canso de ver. Nunca me ha resultado difícil imaginarme como las protagonistas de todas esas comedias románticas con las que crecí. A lo Hilary Duff o Lindsay Lohan, esas veinteañeras que se mudaban a la gran ciudad porque donde vivían se les quedaba pequeño. Y así poder decir de Barcelona lo que Jennifer Lopez suelta de Nueva York en *Sucedió en Manhattan*: «Da igual de dónde seas, en Nueva York todos tus sueños son válidos». O tampoco me importaría definir la ciudad donde vivo como en *Devuélveme mi suerte*: «El lugar donde todo puede pasar...». Ya, ya sé que Barcelona no es Nueva York. Y tengo claro que la vida no es como en las películas, pero ¿qué le voy a hacer si soy una piscis con una imaginación desbordante y me siento más sola que la una? Lo único que me queda es soñar.

Hace ya un mes que cumplí treinta años y lo celebré a lo grande con todos mis amigos y mi familia. El tiempo vuela, joder. Ahora mismo me estoy haciendo un café y, mientras espero, observo mi apartamento al detalle. Lo hago mucho, casi cada mañana. Y es tan bonito… De hecho, en Pinterest, no paran de salirme mis propias fotos del piso. Cada vez que me encuentro a alguien que hace mucho que no veo, me pregunta si sigo viviendo en ese lugar tan bonito. Y es verdad. Gina, tía, tienes todo lo que quieres. Todo con lo que soñabas de pequeña. Mi madre me compraba revistas y yo hacía collages con los que intentaba crear un futuro igual de glamuroso, como el que veía en esas páginas. Quería esos bolsos, esos zapatos y que me invitaran a esas fiestas. Deseaba que me maquillaran igual de guapa que a aquellas modelos y actrices. Quería el flash, el frenesí, el non-stop de ese mundo que veía como imposible e irreal. Y ahora, de alguna manera, lo tengo.

Y todos estos logros, esta vida tan llena de cosas preciosas y viajes increíbles, debería hacerme sentir completa y plena, pero cada triunfo profesional acentúa mi vacío personal. Porque durante estos últimos años de tanta intensidad me he sentido más sola que nunca. Pensaréis que soy una desagradecida. Puede ser. De hecho, estoy segura de que mis amigas lo piensan todo el rato, pero no me lo dicen. Lo cierto es que a veces, entre tanto barullo, tantos imprevistos y caos, tan solo quiero sentirme querida y encontrar el amor. Y no amada en plan paternal o por amigas con las que puedes contar siempre. No, me refiero a un amor de esos que, como el viento, quizá no puedas verlo, pero sí sentirlo. Un amor de verdad. Uno nivel *Titanic*: «Si tú saltas, yo salto, ¿recuerdas?».

Porque yo me siento muy sola. Todo lo que tengo quiero compartirlo… con alguien especial. Y siempre les digo a mis amigas que intenten ponerse en mi lugar. Les pido que, por favor, se pongan en mi situación y traten de imaginarse lo que es vivir sola de verdad. Lo que supone meterse en una cama vacía cada noche; comer mirando el móvil o la tele porque no hay nadie con quien hablar; cenar sin poder preguntarle a alguien: «Qué me he perdido», porque te has ido un segundo a la cocina y lo mismo ha sucedido algo interesante en la serie que estás viendo; pasar el rato al lado de gente con la que no tienes confianza en eventos; ir al cine sola porque nadie puede quedar entre semana; viajar en solitario en avión y en tren y sonreír a la pareja de al lado para sentirte mejor; cuidarte a ti misma cuando enfermas;

comer en los restaurantes o cocinar para ti nada más; comprar en el súper y calcular lo que te puede durar la comida y aun así que se te pudra más de la mitad; trabajar sola, sin jefa, sin equipo, sin compis de oficina…

Suponed que llevo en este escenario «imaginario» ocho años. Sumadle también una pandemia y un confinamiento de por medio, el cual también viví cien por cien sola. Y no paréis de añadir cosas: tres mudanzas, tres pisos diferentes y tres intentos de nuevos comienzos. Un corazón roto en mil pedazos por una ruptura lenta y dolorosa porque el que pensaba que era el amor de mi vida solo me mareó y engañó durante seis de esos ocho eternos años. Súmate kilos de más. Y, por lo menos, diez tíos que han sido una decepción. Muchas ilusiones frustradas. Mensajes que sabes que se han leído y que nadie contesta. Sustos. Miedo. Ansiedad. Una pérdida total de la esperanza de encontrar el amor. Sobre mis tres mejores amigas y solteras de oro, con las que pensaba que me quedaban mil momentos de diversión, resulta que en cuestión de dos años una se casa y se queda embarazada, la otra está a punto de casarse y planea vivir en Madrid y la tercera se ha mudado con su novio y además se han prometido. Y, en mi otro grupo de amigos, más de lo mismo.

Y que sí, que obviamente una está bien sola y que sé que soy superafortunada, porque tengo de todo y más de lo que necesito y quiero, pero una cosa no quita la otra. Y, como siempre se dice, tienes que vivirlo para contarlo. A nivel profesional sé que he vivido cosas que nunca pensé que serían posibles y que me quedan todavía muchas por vivir. Y, a nivel personal, he cumplido etapas y he madurado mucho antes de lo que esperaba… Sin embargo, siempre hay «peros» para no estar totalmente satisfecha y feliz.

«Querer», «cuidar» y «escuchar» son verbos. Hay que llevarlos a cabo. Y, por experiencia, no sirve de nada que te digan «Te quiero». Tienen que demostrártelo. Y todos esos mensajes, comentarios, consejos y frasecitas que a veces las personas se piensan que sirven de ayuda… no sirven para nada.

«Son épocas, ya verás».

«Te envidio tanto, a mí a veces me gustaría pasar más tiempo sola…».

«Tu valor, tía, es saber estar sola. No todo el mundo sabe, y eso es importante».

«Piensa en todo lo positivo que te aporta estar sola».

«¡Tiempo para ti!».

«Cuando menos te lo esperes, llegará. Deja de buscarlo, él vendrá a ti. ¡Mira lo que me ha pasado a mí!».

«Es que está Saturno en retrógrado».

«Bueno, todas tenemos mucho trabajo y con tanta cosa y tanto viaje es normal que no coincidamos mucho».

«Es la edad, amor. Es época de bodas y no tengo ni un finde libre».

«Al final, no puedo cenar el viernes, porque me voy con la familia de CB a la playa».

«Yo entre semana prefiero no beber, hay que cuidarse».

«Podemos quedar en dos semanas, ¿te parece que hagamos un Doodle?».

«Cenaré en casa con Edu, que si no cena solo, así que solo podré estar una horita, ¿vale?».

«Tía, es normal que disminuyan las quedadas. La gente tiene sus rutinas y no tenemos tiempo…».

«Salir de fiesta ya no me divierte…, parezco una abuela, porque ya solo tolero una copa».

«Es que ahora mismo solo me apetece dormir».

«Bueno, ya nos vimos el finde pasado, ¿no?».

Quizá sea mi culpa por haberme tragado cincuenta veces series y películas que no son como la vida real y que me educaron explicándome que la amistad, pese a todo lo que pase en nuestras vidas, es y será lo más importante siempre. O puede que sea la única culpable, porque entendí demasiado textual el concepto de «juntas para siempre». Tal vez soy yo la que, gracias a estos increíbles años de autoconocimiento y descubrimiento, y con una perspectiva completamente distinta, lo veo todo muy diferente.

Que pueda fardar de saber estar sola no sé si compensa todo lo vacía que me he sentido en estos últimos años. La soledad es muy dura y creo que no hay nada más triste en esta vida que sentir que no tienes a nadie con quien compartirla. Claro que estoy orgullosa de saber vivir así y no hundirme en la miseria, como solía hacerlo hace tan solo unos años. Estoy orgullosa de querer tanto a mis amigas que me vuelvo pesada y no dejo de insistir hasta poder verlas. Estoy orgullosa de que mis padres me hayan enseñado que hay que querer y mucho. Estoy orgullosa de ver *Sexo en Nueva York* y que lo que más me guste sea la amistad entre sus protagonistas (además de todos los outfits de Carrie, claro). Estoy orgullosa de necesitarlas más que ellas a mí. Pero duele. Y mucho.

Y ahora dudo de todo lo que he oído decir de cumplir treinta… ¿Los maravillosos treinta o los malditos treinta?

«Van a ser los mejores años de tu vida».

«Dejar los veinte atrás es lo mejor que me ha podido pasar».

«Con treinta entendí lo que era ser feliz de verdad».

«Ahora viene lo mejor…».

Pues eso espero, vaya. Porque no sé qué pasa que con los treinta parece que o rellenas ciertas casillas, o la vida se te acaba. Qué barbaridad. En el Medievo (habrá referencias a este en el libro, no sé por qué me encanta tanto usar este término como referencia al pasado), que alguien viviera hasta los treinta era todo un logro, ahora nos da la sensación de que vamos tarde todo el rato…

Que toca casarse.

Que toca sentar cabeza.

Que toca tener hijos.

Que toca vivir en pareja.

Que toca estar en casa.

Que toca comprarse una casa.

Que toca comportarse ante los demás.

Venga, va.

Me pregunto qué pasaría si de repente nos dijeran que va a caer un meteorito en la Tierra y que nos quedan aproximadamente unos tres años de vida… ¿Qué haríamos? Mucha gente contestaría que pasaría más tiempo con sus seres queridos. Que viajaría. Que dejaría de trabajar y haría todas esas cosas que no ha podido hacer… ¿Y si lo rebajamos a un año de vida? Más de lo mismo. ¿Y si nos dicen que vamos a morir mañana? Yo montaría una despedida con todos mis seres queridos. Me reuniría con mi familia y todos mis amigos. Pongo la mano en el fuego y estoy segura de que la mayoría diríais lo mismo o algo parecido.

Porque no hay nada más importante. Así es como yo lo entiendo. Os estoy hablando de las relaciones humanas, en plural. Para mí son lo más valioso que tenemos. Si no veo a mi familia en una semana, los echo de menos y no tengo reparo en ir a casa de mis padres y quedarme varios días con ellos. Y me pasa lo mismo con mis amigas, y no entiendo por qué no le ocurre esto a todo el mundo. Solo quiero que tengan ganas de verme, tantas que me escriban diciéndome: «¿Tienes una horita para un café?», «Necesito dosis de amigas, ¿quedamos para un vinito tonto a las siete de la tarde?», «Hace mucho que no nos vemos, te echo de menos, ¿nos llamamos o vemos y nos ponemos al día?». Estoy tan cansada de estar sola… Echo de menos hacer planes entre semana y que se alargue una tarde sin mirar la hora… hasta que nos echen del bar porque cierran.

Yo entiendo e imagino que una pareja llena muchísimo y quizá soy yo, que no sé lo que es el amor. ¿El amor es querer pasar el fin del mundo con tu pareja? Porque viví muchos años pensando que era una cosa y quizá no lo fuese. No he tenido una historia de amor adulta. No he querido ni he tenido una pareja en mi adultez. Quizá es ese mi problema. Mierda. Quizá, por eso, no las entiendo. Quizá, por eso, no entiendo la prisa. Quizá, por eso, veo las cosas tan diferentes. ¿O tal vez es al revés y todo el mundo busca pareja y un compañero de vida porque teme esta soledad de la que tanto se alegra todo el mundo que tenga? No lo sé.

Esperad, ¿y si nunca he estado enamorada? ¿Y si el único amor que conozco es el de la amistad y por eso me siento así? Bueno, tengo treinta años, no sesenta. Aún estoy a tiempo.

Mientras me sirvo mi primera taza de café, pienso en la edad. Cuando tenía veinte años, veía a las personas de treinta muy mayores. Y, ahora que los tengo, necesito disculparme. Os vais a reír, pero pensaba que a los treinta su vida había terminado. Me refería a ellos como «viejos» si la gente me preguntaba quién había en un lugar determinado. Los evitaba en discotecas y planes. Les recomendaba que salieran a Luz de Gas. Me reía cuando no conocían una canción o llevaban una prenda que ya no estaba de moda. También me hacía gracia cuando ellas se quejaban de que «los hombres siempre terminan saliendo con tías más jóvenes», y ahora puedo confirmar con certeza que tenían razón.

Quiero aprovechar también para reconfortarlos haciéndoles saber que ahora lo de los treinta es peor. Mucho peor. Lo que éramos nosotras con veinte no tiene nada que ver con lo que son ahora las chicas de esa edad. Empezando con que ya no se sabe qué edad tiene nadie. Como en *Gossip*

Girl, donde los actores tenían en realidad entre veinte y veinticinco años y, sin embargo, en la serie encarnaban personajes de dieciséis que iban al instituto. Pues es un poco esto. Ya no sabes si esa chica que se está liando con tu ex tiene veintidós o treinta y dos.

Y ahora lo saben hacer todo. Lo que nosotras aprendíamos en cuarenta minutos con un tutorial en YouTube, ellas lo descubren en dos en TikTok. Nosotras a esa edad no sabíamos maquillarnos ni usábamos una beauty blender ni sabíamos qué era seguir una rutina de skincare. Desmaquillarse al llegar de fiesta suponía ya todo un logro. Pues claro que salía de fiesta con una sombra hasta la sien y un cuello blanco que no combinaba con mi cara bronceada. «¿Sabes cuál es tu tono?». Mira, amor, acabo de cumplir treinta y a veces me paso horas con la linterna del iPhone encendida. ¿Cómo voy a saber cuál es mi tono? Las de veinte ahora ya NACEN con glowy skin. Porque es que ahora son todas unas expertas en belleza. Lanzan marcas de skincare con péptidos y se pinchan ácido hialurónico a los dieciocho. Además, todas se parecen entre ellas y se cuidan muchísimo. Y acuden a retiros detox y toman vitaminas. Los combinan con suplementos cada mañana y usan protección solar. Beben vodka con agua porque no engorda. Y el aguacate ya no se come porque no es eco-friendly y se ha puesto de moda el matcha. También se lleva la piel brillante y el pelo engominado hacia atrás, como nos lo ponían en el cole si hacíamos ballet. Todo el dineral que nos dejábamos en polvos para MATIFICAR nuestras caras de galleta a la mierda. Todos esos vodkas con lima a la mierda. Ahora se lleva el clean look. No beber es trendy.

Todo es el natural girly aesthetic. Porque ahora todo es aesthetic. Y a guardar todos esos bolsos y zapatos que tenían nuestras madres y que nos horrorizaban…, porque ahora se llevan y se venden por cientos de euros en Vinted y los tienen hasta las famosas. Porque también está de moda el vintage, el second hand. La moda circular. ¿Y queréis saber otra cosa que también es circular? Mi vida amorosa. Un puto círculo vicioso en el que llevo ocho años encerrada y del que no consigo salir.

Porque sí, soy una romántica y también una cursi. Yo creía que me pasaría como a Kate Hudson en *Cómo perder a un chico en 10 días*, que el amor de mi vida me perseguiría con la moto y que pararíamos en medio del puente de Brooklyn para que me declarase su amor. Pero en mi vida la persecución la hago yo. Y la hago en secreto para ver si es cierto eso de «estoy llegando a casa».

Pensaba también que el mejor amigo de mi novio se plantaría en mi puerta en Navidad y pondría unos villancicos para despistar y poderme declarar su amor secreto pasando unas pancartas hechas a mano, igual que en *Love Actually*. Pero, en mi experiencia con los hombres, estos no se dignan ni a contestar un wasap o te leen y les da igual. Así que pancartas pocas.

Estaba segura de que, como en *The Holiday*, aparecería en mi vida un Jude Law borracho en la puerta de mi Airbnb y me enamoraría locamente. Me daría igual que tuviese dos hijas y además me mudaría encantada a ese pueblucho inglés.

También soñaba que, como en *El diario de Noa*, mi amor me esperaría media vida, escribiría cartas durante años y construiría la casa de mis sueños. Por supuesto, bajo una tormenta muy random y superintensa, nos besaríamos apasionadamente. Solo me ha tocado la parte de la tormenta. Y menudo shit storm.

Mis amigas me dicen que debería empezar a aceptar que la vida no es como las películas y que al final estas cosas no pasan nunca así. Que deje de fliparme y de buscar a Mr. Big. Que encuentre a un tío decente. Un tío «normal». Mi amiga Sam me dice que el problema radica en el tipo de tío que me gusta:

- Moreno y con tatuajes.
- Bajito (casi que sea de La Comarca, no sé por qué).
- Con rollito y que sepa vestir (que no lleven chalequitos y náuticas).
- Que le guste viajar y que haya visto mundo.
- Que me haga reír y yo a él.
- Más de camiseta que de camisa.
- Con bigote.
- Que le gusten los perros.
- Que lleve gorra habitualmente.
- Que le encante el cine y hablar de cine.
- Que podamos hablar de todo.
- Que quiera tener hijos…

Me dicen también que, cuando menos me lo espere y sin quererlo casi, aparecerá el hombre de mi vida. Tal vez ya lo conozca. Y aunque durante estos últimos ocho años he conseguido demostrar que la vida sí que puede ser como en las películas, pero más bien una de terror…, yo sigo teniendo esperanza (aunque a veces, como ya habéis comprobado, parezca que no) de que, como en *Sexo en Nueva York*, el hombre de mi vida aparezca a mis treinta… ¿y tantos?

Ya veremos.

PRIMAVERA

1

Solo pasó una vez y estaba borracha…

—Pero entonces ¿durmió en tu casa o no? —pregunto.

—Sí, se ha ido esta mañana. Cuando me he despertado, ya no estaba —contesta Olivia.

—Bueno, el mítico polvito de despedida. Son los mejores —comenta Carla.

—Bufff, yo no podría hacerlo —intervengo.

—Yo tampoco —dice Chloe.

—Yo pienso que es mejor hacerlo una última vez. Así no te quedas con las ganas y evitas recaer más adelante. Mira Lola con Pedro. El cuerpo es sabio —opina Carla.

—Bueno, solo fue una vez y estaba borracha. Pero sí, cagada monumental —admite Lola riendo.

—Yo creo que es mejor quedarse con un buen sabor de boca —opina Claudia.

—¡Literal! —Ríe Lola guiñando un ojo.

A todas se nos escapa la risa. Qué liberadoras son estas reuniones de amigas.

—¿Llorasteis? —pregunto.

—Él mucho. Yo no —responde Olivia.

—Creo que nunca te he visto llorar —observa Claudia.

—Ni yo —agrega Lola.

—Ni yo —dice Carla.

—Joder, pues yo lloro constantemente —comento mientras levanto la mirada en busca del camarero.

Le hago una seña para pedirle otra botella de vino.

—Tía, yo igual. El otro día no podía parar de llorar viendo *El diario de Noa*. Son tan adorables de viejecitos… Quiero un amor igual… —añade Sofía.

—Yo últimamente lloro por cualquier cosa. El otro día lloré viendo *Guardianes de la galaxia*.

Estoy mal, fatal… —agrego mientras bebo un sorbo de mi copa.

—No empecéis a hablar de películas, que no me entero de nada —nos regaña Claudia.

—Es muy bueno llorar —dice Chloe.

—Lo peor de todo es que quiero llorar, pero no puedo. Me da mucha rabia. Siento que si no lloro es como si no hubiera ocurrido y necesito que esto pase —comenta Olivia.

—Si no lloras, se acumula. Mi psicólogo dice que es necesario llorar al menos una vez por semana… ¿O era al día? —agrega Carla.

—Tu psicólogo también dice que hay que pedirle deseos a un vaso de agua —interrumpo sin parar de reír.

—¿Cómo, cómo? —pregunta Sofía.

Todas nos miran confundidas.

—El fin de semana que subimos a casa de Claudia en noviembre, Carla y yo dormíamos juntas y ella estaba haciendo no sé qué de la teoría del agua —les explico.

—La memoria del agua —aclara Carla—. Por la noche, llenas un vaso, le pides al agua un deseo y te vas a dormir. Por la mañana te bebes el vaso de agua en ayunas y se cumple. Pero tienes que hacerlo durante un tiempo, si no, no funciona.

—Tú la segunda noche ya no le rezaste al vaso de agua —interrumpe Claudia.

—Por eso no se cumplió mi deseo —dice Carla.

—Claro.

No podemos evitar volver a reírnos todas, incluso a alguna se nos escapa una carcajada.

—Bueno, lo importante. Olivia, ¿tú estás bien? —le pregunta Charlie, que no había intervenido hasta ahora.

—Me dio mucha pena Álex, pero estoy sorprendentemente bien —responde Olivia.

—Creo que empezaba a ser una especie de carga… —comenta Sofía.

—Total, hasta se me han ido los granos —contesta Olivia.

—¿Ves?, el cuerpo es sabio —concluye Carla.

El camarero trae la tercera botella de vino blanco.

Seguimos con nuestra conversación, y es que cuando nos reunimos no callamos. Sin embargo, me he quedado reflexiva. Desconecto un poco, porque me viene a la cabeza la noche en que conocí a Álex.

Habíamos salido de fiesta por Barcelona y yo iba a compartir el taxi con Olivia. Aún no éramos tan amigas como ahora. La conversación fue similar a esas que tienes borracha en el baño de una discoteca con otra chica a la que apenas conoces. En esa especie de ritual que se crea entre dos mujeres que sellan su amistad con secretos y alcohol de garrafón entre espejos horribles, luces de farmacia y un váter atascado que sirve como altar de su complicidad femenina. Chloe estudió con Olivia y Sofía en la universidad y, poco a poco, esta las fue introduciendo en nuestras vidas. Ahora no me la imagino sin ellas.

De esta noche en cuestión hará ya un par o tres años. Estábamos en la Diagonal esperando el taxi. Decidimos compartirlo, porque vivíamos no muy lejos la una de la otra. Las dos fumábamos. Entre calada y calada y una risa tonta, muy habitual en mí después de más de dos copas, se acercó a nosotras un chico de pelo rizado, nariz torcida a lo Patrick Dempsey y una belleza imperfecta que lo hacía bastante atractivo. No paraba de reírse y se dirigía solo a Olivia. No recuerdo qué le decía, pero se notaba que ella le gustaba. Yo sonreía mucho, pero sin decir nada. Álex iba claramente borracho. Yo también, no vamos a engañarnos. Hablaron un rato, el taxi paró y nos subimos al vehículo mientras nos despedíamos de él con la mano.

Olivia me contó que se habían liado un par de veces, pero que ella estaba enamorada de un tío que tocaba la guitarra, tenía bigote y se llamaba Alberto. Álex le parecía mono, pero tenía claro que era una distracción, algo puntual. Además, era demasiado pijo para ella. Le dije que no conocía a Alberto, pero que Álex me parecía muy guapo y que no se fiara de los tíos con bigote. No recuerdo mucho más.

¿Sabéis cuando tienes esa sensación de que algo no acaba de cuadrar? Eso me pasaba con Olivia y Álex. Eran como esas dos piezas de un puzle del mismo color que intentas que encajen y que para ello pruebas todas las posiciones posibles, pero, después de muchos intentos, acabas dándote cuenta de que lo único que tienen en común es el color.

Me sabe mal, porque por experiencia sé que cuando te dejan es una mierda. Muchas veces me pregunto qué es peor, ¿que te dejen o dejar? No lo sé. No puedo evitar recordar la noche en la que corté con Fer. Me sentí tan mal que solo quería dormir. Estaba tan insegura y dudosa de mi decisión que me planteaba miles de escenarios mentales para averiguar cuál era la mejor manera de hacerlo. Le daba demasiadas vueltas a todo y me preguntaba si había hecho lo correcto. Así que intentaba dormir para dejar de pensar. Pero después soñaba… Siempre he sido de soñar mucho, pero nunca recuerdo bien el qué. Sin embargo, después de casi una década, me acuerdo a la perfección de mi ruptura con Fer, cada segundo, cada instante… Mi madre me dice siempre que tengo memoria selectiva.

Dejo mis pensamientos y regreso a la reunión con mis amigas. Me sirvo una copa más de vino y me incorporo a la conversación.

Suena
«Nikes», de Frank Ocean

2

Qué es peor, ¿que te dejen o dejar?

Estábamos sentados al borde de mi cama en mi primer piso en Barcelona. Me acababa de mudar con unas amigas hacía unos meses. A Fer no le hacía mucha gracia y era de los que pensaban que estar de alquiler era tirar el dinero. Le dije que teníamos que hablar seriamente y se dio cuenta enseguida, con solo mirarme. Siempre he sido muy expresiva y se me nota cuando lo que vienen son malas noticias.

Habíamos pasado los últimos cuatro años obsesionados el uno con el otro, inseparables, superando terremotos emocionales, discusiones infantiles, perdonándonos infidelidades, disculpándonos por todo, aguantándonos mentiras constantes… De hecho, nos habíamos pasado el último año tapando agujeros tan profundos que nos habíamos quedado sin luz. Así que ese día le solté que necesitaba vivir experiencias, que me sentía estancada y que quería aprender a vivir sin él. Le expliqué que sentía que tenía que conocerme más a mí misma, madurar.

Durante aquellos años, Fer y yo nos creímos invencibles. Nos convencimos de que éramos la excepción a la norma, de que saldríamos de todo, de que habíamos superado demasiado como para que no fuera para siempre… Nos empeñamos en que, en el fondo, todo apuntaba a que éramos el uno para el otro. Todo eran pruebas de amor para demostrar que lo nuestro valía la pena. Nosotros contra el mundo. Qué niñatos.

Cuando cumplí veinte años, Fer y yo hicimos un pacto. Nos prohibimos escribirnos el uno al otro, llamarnos o, evidentemente, vernos. Entonces Fer me escribió una carta, que aún guardo, en la que expresaba que este pacto se convertiría en su peor enemigo. Me confesaba que por mí sus límites los haría infinitos…

7 de marzo de 2014

Hola, princesa:

Hoy es tu cumpleaños y soy feliz por poder compartir este ratito contigo a pesar de todo. Últimamente las discusiones estaban a la orden del día. Aun así, detrás de todo ese roce y malestar, aparece el amor, la pasión, el deseo y la comprensión, sentimientos que fortalecen nuestro vínculo. Cada uno tenemos nuestros límites, pero yo, por ti, estoy dispuesto a hacerlos infinitos. Para nosotros no hay gotas que colmen los vasos ni chispas que prendan las mechas.

Saldremos de esta, te lo prometo.

Te quiero,

FER

Pero yo sabía que no estábamos bien. Temía dejarlo queriéndolo. En mi cabeza, las personas lo dejaban cuando ya no se querían, cuando el amor se había terminado. No sabía que dejar a alguien cuando aún lo quieres es peor y mucho más duro. Hubo varios momentos en nuestra relación en los que existieron razones mucho más evidentes para dejarlo, pero esta vez no había ninguna. Por primera vez en mi vida, dudaba de mis sentimientos por él.

Fer, por el que había estado volviéndome loca durante los últimos años.

Fer, la única persona de la que me había enamorado jamás.

Fer, el único chico que me había hecho entender lo que significaba priorizarlo a él antes que a nadie.

Fer, que me conocía mejor que mi madre y viceversa.

Fer, la única persona a la que, incluso cuando lo odiaba, lo quería.

Fer, el único por el que había sentido dolor físico cuando lo veía mal, pues somatizaba tanto su malestar que me encontraba mal yo también.

Fer y yo nos pasábamos el día juntos y lo compartíamos todo, incluso los amigos. Y mi mayor miedo era perderlo.

Esa noche, no sé cómo, le dije que por primera vez lo tenía claro de verdad. Que lo quería con locura, pero que éramos unos críos y necesitábamos separarnos. Que sabía que volveríamos a cruzarnos en el momento correcto. Que la vida nos ponía pruebas y que nuestro amor las superaría. Que a él también le iría bien echarme de menos y que era algo que ambos tendríamos que haber decidido hacía bastante tiempo. Y ahí, en el borde de esa cama, me contestó que había estado mirando anillos de compromiso, que no se le había ocurrido otra manera para que no lo dejase, que no había querido verlo, pero que en el fondo sabía que lo iba a dejar. *Red fucking flag*. Me pidió entre lágrimas que lo arregláramos, no entendía por qué esa vez tenía que ser diferente a las demás. Que lo habíamos hecho en otras ocasiones, que podíamos superarlo. Los dos nos pusimos a llorar. Nos abrazamos y nos besamos. No quería que se fuera y él no quería irse, pero, si dormíamos juntos, aquello no serviría de nada.

Lo sentía tan cerca pero tan lejos a la vez… No nos reconocía. Lo miré a la cara y lo vi todo claro. Me di cuenta de que no éramos invencibles. Que nadie aguantaba tanta mierda y que tarde o temprano nos hundiríamos en ella. Nos amábamos locamente, nos conocíamos y queríamos como mejores amigos, pero todo estaba roto. Cuando algo pasa demasiado tiempo roto, se pierden las piezas y ya no hay quien lo arregle. Por mucho pegamento que uses, nunca queda igual. Así terminó mi relación con Fer.

Antes de irse miró una foto nuestra que tenía colgada en mi habitación y me preguntó:

—¿Por qué no podemos volver a ese momento y empezar de cero?

Yo me quedé sin palabras. Me dio un último beso, uno muy lento, muy de película, de esos que parece que el reloj se ha detenido…, y desapareció en la oscuridad de las escaleras. Esperé a que llegara al último escalón y, con lágrimas en los ojos, se despidió una última vez con la mano. Cerré la puerta de casa y me senté en el suelo. Me desmoroné. No recuerdo haber llorado tanto en mi vida como esa noche. Y soy de llorar… por lo menos una vez a la semana.

En resumen, dejar a alguien es una mierda. Y, si lo quieres, aún más.

Suena
«The Funeral», de Band of Horses

3

Cosas que se me pasaron por la cabeza cuando dejé a Fer

«Si se lo digo por la noche, soñará con esto y no podrá dormir… Y yo tampoco. Cruel».

«Si se lo digo por la mañana, estará todo el día dándole vueltas en el curro… Y yo también. Aún más cruel».

«Espera, ¿y si no encuentro a nadie como él?».

«¡Espera!, ¿y si con el próximo es peor?».

«¿Me odiará? ¿Tanto como para no volver a hablarme jamás?».

«¿Seguiré siendo amiga de sus amigos?».

«Mierda. Todos mis amigos son sus amigos».

«Mis padres lo adoran y yo adoro a sus padres».

«Conociéndolo, seguro que encuentra una novia nueva enseguida».

«Me gusta su cara».

«Me gusta cómo huele».

«Me gusta besarlo y me gustan sus besos».

«Me gusta que siempre me pida mimos».

«No me gusta hacerle mimos, pero sí que me los haga».

«No tendré mimos».

«Nadie me abrazará mientras duermo».

«Nadie me hará sopa».

«Buah, no me imagino acostándome con otro. Qué asco».

«Ufff, no quiero que él se acueste con otra».

«¿Quién será su nueva novia? ¿Y si es alguien que conozco? *Fuck*».

«¿Y si es el típico que con los años se vuelve más guapo?».

«Echaré de menos acostarme con él».

4

¿Soy Hugh Grant en *Notting Hill*?

—Mira a ver si te sigue —me dice Andrés.

—Flipo con que me haya mirado las historias… —le contesto mientras sigo en shock buscando el perfil del susodicho.

Hace meses empecé a seguir a un actor por el simple hecho de que me parecía guapo y estaba viciada a su serie. Las chicas están en mi casa y también Andrés, que ha venido unos días de visita a Barcelona. Andrés es mi mejor amigo de toda la vida y es genial que esto me haya pasado estando él. Realmente solo los dos sabemos que esto es muy fuerte.

—¡ME SIGUE! —grito mientras pego un salto emocionada.

—Tío, la sigue James Matthews —anuncia Andrés.

—James ¿qué? No sé quién es nadie… Enseñádmelo —pide Claudia.

—ESTOY FLIPANDO —sigo gritando.

James Matthews es un actor americano que está más bueno que el queso y no solamente es una estrella de cine, sino que además estuvo casado con una de las actrices más famosas del planeta. Su divorcio fue uno de los más sonados de Hollywood. Y, por si todo eso fuera poco, es un sex symbol y me dobla la edad. *Oh, wow.* Ya está, me he enamorado. Hecho. Así funciona mi cabeza. En cuestión de segundos soy capaz de imaginar una vida entera con este hombre, los nombres de nuestros hijos y lo guay que sería acompañarlo a los Óscar y que soltara en su discurso como ganador al premio a mejor actor: «To my wife, I love you». También fantaseo con la vida que llevaríamos en Nueva York, con la prensa poniéndonos verdes por la diferencia de edad. Además, lo ayudaría a prepararse el papel para su próxima película, como la escena en la terraza en *Notting Hill.*

¿Seré el Hugh Grant de la vida real? Mi cuerpo se revoluciona y me excito a niveles que no acabo de comprender. ¿Cómo puede ser que una cosa realmente tan ridícula e insustancial como un follow back signifique tanto en este siglo? ¿Tan loca estoy? ¿Cómo puede ser que, incluso a kilómetros de distancia de esta persona completamente desconocida, me emocione más con esto que con la última cita que tuve? ¿Será el factor fama? Seguro que es el factor fama.

Con las chicas siempre decimos que muchos actores y futbolistas solo son considerados guapos o nos parecen más atractivos porque son famosos. Es el efecto tarima, el efecto escenario. Tú ves a un cantante subido a un escenario, dando las gracias a miles de personas que gritan en coro su nombre, y ya parece más sexy o atractivo de lo que realmente es. Tú ves a un futbolista sudado, corriendo y celebrando el golazo que acaba de marcar y esa testosterona en pantalla se traduce en nuestras cabecitas a «Dios, qué bueno está, ¿no?».

En el caso de James Matthews su belleza está justificada, porque, aunque me lo encontrase en una gasolinera, me seguiría pareciendo que está buenísimo.

—Tienes que escribirle o reaccionar a una historia suya o algo —me aconseja Charlie.

—Recordemos que esta persona tiene cuarenta y cinco años y que no va a entender una reacción a su historia —dice Andrés—. Mándale una foto guarra. —Ríe pícaro.

—Tienes que conseguir que acabe obsesionado contigo, tía. Esto no puede quedarse en un fucking follow —me dice Lola.

Dios, ahora todo lo que suba a Instagram va a estar condicionado por el hecho de que me sigue esta persona. Vale, estoy oficialmente loca.

—Tiene muchas fotos con un perro. Mándale una de Lupi y un guiño en plan #SoyAnimalFriendlyTambién —se le ocurre a Carla.

Es aquí cuando tienes que ignorar a tus amigas.

—¿Quién tiene el dado? ¡Tres! A pagar. Joder. Odio el *Monopoly*, siempre pierdo y estoy arruinada por tu culpa, Andrés. ¿Desde cuándo tienes ya hoteles? —le digo mientras me enciendo un cigarro.

—Mira, guapa, llevas toda la partida haciendo trampas con el banco y Charlie no ha parado de darte dinero a escondidas. ¿Os pensáis que estoy ciega? Soy el ojo que todo lo ve.

Andrés odia perder. Lo abrazo y me apoyo en su hombro. Se mudó a Madrid con su novio hace cinco años y lo echo mucho de menos.

—Es broma, ¿no? —Claudia odia las trampas. Le toca tirar.

Suelo ser buena jugando a estas cosas y os juro que jamás hago trampas, pero he vuelto de una cita de mierda y mi cabeza está en las nubes, así que, honestamente, qué bien me viene que me haya seguido James Matthews, porque al menos mi autoestima no se ha jodido al cien por cien. Además, me está sentando fenomenal estar con amigos y jugar con ellos a juegos de mesa durante esta tarde tranquila de domingo.

No vuelvo a tener una cita a ciegas nunca más. Odio las apps de citas, os lo juro. Como el *Monopoly*, es divertido un rato y de vez en cuando. Y, sí, cuando empiezas no puedes parar. Esa superficialidad incontrolable se apodera de ti. Como un Moisés digital, separas a los que te pillarías sin pensártelo dos veces de los indeseables. El swipe a la derecha es rápido, voraz, determinado. Cuando uno tiene el mínimo potencial de match, no hay tiempo para nada más. Sí, sí y otra vez sí. Por guapo. Porque estás bueno. Porque tienes rollo o porque vistes bien. Porque me puede esa sonrisita en la tercera foto con tu hermana. Green flag, tienes una hermana. Porque la foto en la playa tropical haciendo surf significa que eres un tío guay, trotamundos, que te cuidas. Oh, te gustan los animales. Qué mono. Qué mono tu perro. Monísimo. ¿Cocinas? Genial.

Luego están… luego están los feos. Los frikis. Los flipados. Los que tienen todas las fotos con amigos que me obligan a pasar unos segundos de más en su perfil intentando adivinar cuál de ellos es. Pero yo lo sé. Eres el raro y bajito de la izquierda. Porque si es un no es incluso más rápido y voraz que el sí. Las fotos pixeladas me matan. Las hechas con un Android también. Selfis en el espejo con flash. Ew. Fotos de tus abdominales, pero no de tu cara. Ew. Fotos de tu viaje de Erasmus en 2012 delante de la torre de Pisa posando con tus thumbs up. Ew. Fotos con esas gafas Oakley de cristal azul. Ew. Y tira a la basura ese plumas con capucha de pelo. Frikis. Pedazo de frikis. Fotos con el filtro de piel naranja. Fotos en los que ya me dejas claro que te estás quedando calvo o que para cuando tengamos la cita quizá ya lo seas. Qué horror. Es cruel. SOY CRUEL.

Resulta despiadado. Por una sola foto, en cuestión de segundos, puedes estar dejando escapar al amor de tu vida. Por una mala foto… Es fuerte. Pero solo tenemos una oportunidad para una primera impresión. *It is how it is.* Y soy consciente de que es un juego a dos bandas. Ahora mismo alguien lo está haciendo también conmigo. Qué horror. Con lo romántico que era todo antes.

Pensar que no hace tanto los amantes se escribían cartas de su puño y letra, que mantenían relaciones a mares de distancia, que podían estar meses sin ver a sus amados y que abrían buzones buscando cartas que quizá se habían extraviado. Con esto último pensaban que tal vez su amor había muerto y, con el corazón roto, se volvían a casar. Luego años después aparecía el que pensaban que había muerto con una pata de palo. ¡Todo era un drama supercaótico al estilo *Pearl Harbor*! Y qué queréis que os diga, yo también me hubiera acostado con su precioso amigo si este me lleva en su diminuta avioneta. ¿Que Ben Affleck ha muerto en combate? Oh, qué pena. *It's okay.* Tengo a Josh Hartnett.

Antes vivían con miedo a que vinieran a comunicarles que su marido había muerto en la guerra.

Ahora tememos que empiece a seguir al zorrón de turno. Nuestro campo de minas son las discotecas. Ahí sí que hay obstáculos que superar y tanques que derribar. Ahí están las verdaderas tropas enemigas esperando para intentar ligarse a tu chico nada más entre este por la puerta. Antes era «Oye, niños, que papá no va a volver. Tiene que quedarse tres meses más en las trincheras» y ahora: «Vuestro padre se va a Sutton después de la cena de Navidad. Ya le he dicho que, si vuelve en el mismo estado que el sábado pasado, no hace falta que lo haga. Así que no lo sé, Lucas, no sé si papi vendrá a tu partido mañana».

—A pagar, guapa —le dice Andrés a Lola.

—Ahora sí que no puedo seguir jugando, estoy pelada, joder —le contesta esta indignada.

—¡Oye, trae otra botella de vino, Gina! —me grita Charlie aprovechando que me he levantado a buscar algo a la cocina.

—¡Voy! —le contesto mientras abro mi nevera en busca de otra botella de vino blanco.

Mientras cojo el abridor, Charlie se levanta y se acerca a la cocina para cotillear. Si hay algo que le gusta a Charlie es hablar, y me encanta. A ella la conocí mejor hace poco y la introduje en mi vida sin dudarlo. Y, aunque en realidad hace años que nos conocemos, me hace feliz tenerla cerca y que se lleve tan bien con las chicas y con Andrés. Siempre me cayó genial y de todas las amigas de Fer era con la que mejor me llevaba. Charlie vivió fuera muchos años y le perdí la pista, pero, al volver a Barcelona, nos reencontramos por casualidad y decidimos quedar para tomar algo en el centro una tarde tonta. Y, después de varios vodkas con limón (o con zumo de naranja en su caso) y muchas confesiones, nos hicimos inseparables, literal. No hay semana que no quede con Charlie. No hay día que no hable con Charlie. Creo que, de alguna manera, nos salvamos mutuamente la una a la otra y sin saberlo forjamos una amistad necesaria y dependiente. Charlie acaba de conocer a un chico por Bumble y, aunque me alegro muchísimo y solo quiero que sea feliz, temo perderla por el camino como he ido perdiendo poco a poco a muchas otras.

—Cuéntame, qué tal ha ido. No has explicado nada —me pregunta acercándome su copa de vino vacía para que le sirva un poco más.

—Tía, ha sido tan decepcionante que honestamente solo quiero olvidarlo… —le confieso mientras me sirvo más vino también—. ¿Qué les pasa a los hombres? De verdad que no lo entiendo —digo frustrada.

—Dime que al menos te ha invitado a las copas —pregunta.

—Hemos pagado a medias. Lo más fuerte es que el tío quería tomar otra ronda cuando justo acababa de soltarme que tenía novia… Yo es que te juro que me parto… —Me río entre sorbitos de vino.

—Me estás vacilando. Me estás vacilando. O sea…, flipo. Pero ¿y cómo te lo ha dicho? —me pregunta mientras se sienta en la encimera.

—Oye, zorras, si vais a hablar de la cita de Gina, ya podéis volver aquí para que nos enteremos —grita Andrés.

—Pues le he preguntado qué hizo por Semana Santa y me ha dicho que estuvo haciendo surf con una tal Sara y que ahora en verano volvían porque les había encantado. Y por un puto segundo te juro que he pensado que era su hermana o algo así, pero le he preguntado y tan pancho me dice que es su novia. —Charlie suelta una carcajada—. Te juro que ha sido surrealista.

—Pues menudo gilipollas —dice Andrés, que aparece por detrás de mí y se sirve vino. El tío no

se ha perdido ni una palabra de la conversación—.
Thank you, next, amore.

—Ya. No sé. Yo os juro que ya no entiendo nada. Es que no los entiendo —les digo mientras juego con mi copa.

—Eres la verdadera protagonista de *Qué les pasa a los hombres* —me dice Andrés abrazándome—. Pero la versión de terror…

Suena
«Love Lost», de The Temper Trap

5

¡Ojalá te vea de nuevo!

Estoy en la boda de una amiga y me han encargado ir a la barra a por la segunda tanda de gin-tonics. Mientras espero a que me sirvan, me agacho para arreglarme la sandalia que no para de engancharse en las lentejuelas de mi maldito traje plateado. Estoy a un segundo de quitármelas y quedarme descalza. Cómo sabía que esas sandalias y el traje plateado iban a darme problemas.

—¿Estás bien? Me mola tu traje —me dice una voz.

Levanto la mirada. Es el cantante que acaba de tocar hace unos minutos. Sé quién es y conozco sus canciones (las cantaba de adolescente con mis amigas), pero no sé cómo se llama.

—Sí, gracias, estoy bien. Me han contratado como bola de discoteca. Me toca en cinco minutos —le digo mientras me incorporo.

Se ríe.

—¿Es un gin-tonic? ¿Para mí?

Miro alrededor en busca de mi amigo y lo veo en la pista dándolo todo con el hermano de la novia. Como buena amiga y mirando por su bien, claro, decido que quizá ya ha bebido demasiado. Así que le ofrezco la copa al atractivo desconocido que me mira curioso intentando descifrarme como a un enigma.

—Toma, para ti.

—Gracias. —Sonríe y bebe un sorbo—. Yon, encantado. —Me mira fijamente y me da la mano.

—Gina, un placer. —Tardamos unos segundos en soltarnos y aguantamos la mirada.

Me doy cuenta de que voy borracha y soy consciente de que me saca más de diez años, pero es muy mi tipo y está muy guapo bajo la luz tenue de la sala enfundado en ese traje blanco.

—¿Te ha gustado? —me pregunta.

—Mucho. Tengo amigas que son muy fans tuyas en Barcelona —le digo.

—¿Eres de Barcelona? Toco ahí en un mes.

—Te pediré entradas.

—Las que quieras, estáis invitadísimas.

—¿Duermes aquí?

—Qué va, pillo la furgo en un rato y me voy a Orense, que toco ahí mañana —responde con un suspiro.

—No deberías estar tomándote un gin-tonic…, ¿no? —pregunto preocupada.

—Bueno, era la excusa para quedarme hablando contigo —me dice sonriendo—. Tómate un vino conmigo cuando vaya a Barcelona. Charlamos con vino y sin móvil. —Mientras me está hablando, deja la copa en la barra.

—Claro, suena bien. —Le sonrío nerviosa y bebo un buen sorbo de mi copa.

Siempre me incomoda cuando me miran tan intensamente sin apartar los ojos. Al fondo veo a mi amigo, que está siendo arrastrado por un grupo de tíos por toda la pista. Decido ir a rescatarlo.

—Bueno, Yon. Un placer. —Y, sin dudarlo, le planto un beso en la mejilla.

—Eso dímelo en un tiempo, Gina —me suelta al oído—. Ojalá te vea de nuevo.

Le sonrío y me alejo hasta perderlo de vista entre la gente.

Suena
«Bipolar», de POL 3.14

6

Soy más afortunada
que Carrie Bradshaw

Hablo con mi madre por teléfono cada día. Vivo a veinte minutos de casa de mis padres y, aunque voy a verlos casi cada finde, suelo tener algo que explicarle o de lo que hablar. Siempre he sido muy sincera con ellos. Nunca les he escondido nada. De adolescente, cuando todas mis amigas mentían a sus padres y les decían que el plan no era salir y que solo íbamos a dormir a casa de una, yo siempre les contaba adónde íbamos, con quién salíamos y la hora a la que iba a estar en casa. Me vestía tal y como salía de casa porque me dejaban ponerme lo que quería. Al día siguiente, les explicaba si me había pasado algo interesante. Lloraba mientras les contaba que había visto al chico que me gustaba liarse con otra en mi cara. Les confesaba si había fumado o bebido. Les explicaba que mi amiga Chloe se había ido, una vez más de madrugada y con su coche, con el chico aquel de Sabadell que tanto le gustaba. Entre risas, imitaba a Lola vomitando por las puertas del ferrocarril cada vez que el tren hacía una parada. Les contaba todo.

Mi madre me dijo hace poco que empecé a caminar con solo diez meses, pero que me costaba mucho soltarle la mano, el pantalón o la pata de la silla… Y que un día, a mi bola y sin pensar, caminé mis primeros pasitos sin ayuda. Y es que siempre he sido muy espabilada, pero es verdad que me cuesta soltarme y, sobre todo, dejarme llevar. Aun así, considero que he sido avanzada en esta época que me ha tocado vivir. Empecé a trabajar a los quince porque con la paga que me daban mis padres no tenía suficiente para todo lo que quería hacer. Trabajé tardes y noches en discotecas mientras mis amigas, borrachas de 43 con lima, bailaban al son de Don Omar con microvestidos y una base de maquillaje diez tonos más oscura que la que deberían llevar. Trabajé los sábados por la mañana en una tienda para, nada más cobrar mi sueldo, entrar en Forever 21 y gastármelo todo.

Tenía muy claro que, cuando empezara a ganar dinero de verdad, lo primero que quería hacer era vivir en la gran ciudad. Y así lo hice. A los veintiuno, me mudé a un pisito con dos amigas. Era de estilo modernista, con tres habitaciones, un balconcito, dos baños y la cocina más diminuta del planeta. Estaba situado en la primera planta de un edificio de pisos para estudiantes y al lado de una asociación de marihuana clandestina.

Pero, si me paro a pensar, a nivel emocional quizá no fui la más avanzada del momento. Siempre que me gustaba un chico, este se enamoraba de alguna de mis amigas y yo me quedaba en el banquillo de «mejor amiga». El primer chico al que besé detrás de los cines sabía a Doritos. El primer chico del que me pillé locamente resultó ser gay. Fui la última de mis amigas en perder la virginidad y la última en tener un novio serio. Mis amigas saltaban de una relación a otra, explorando y descubriendo inconscientemente lo que querían y lo que no querían. Yo era espectadora de sus corazones rotos, sus lágrimas de cocodrilo, algún que otro enfado y decepción y muchos besos robados. Mientras tanto, yo buscaba aquella historia que me cambiara la vida para siempre, pero con una gigantesca duda de si quizá estaba perdiendo oportunidades por ser tan cautelosa.

Hubo momentos en que me pregunté si hacía lo correcto. ¿Estaba perdiendo el tiempo esperando algo que tal vez no existía? ¿Debería haberme adaptado a esa adolescencia descerebrada? ¿Debería haberme guiado puramente por mis emociones y por el momento? ¿Debería haber aceptado que el amor, tal como lo imaginaba, era una fantasía? Sin embargo, cada vez que me sentía tentada a cambiar esto, algo dentro de mí me recordaba que mi camino era válido, ya que, cuando me desviaba de él, todo salía estrepitosamente mal o yo acababa triste y con un nudo en el pecho que no me dejaba dormir. ¿Era eso el amor? ¿Cómo lo soportaban mis amigas? Y, más importante aún, ¿cómo lo superaban?

Con el tiempo y la edad, supongo que aprendí a aceptar y a apreciar mi propio ritmo. Me di cuenta de que cada persona tiene su propia manera de hacer las cosas y de vivirlas y que mi camino no era menos valioso por ser diferente. Aprendí a celebrar mis pequeños logros y a disfrutar de mi adolescencia sin compararme constantemente con los demás y confiando en que la persona que me eligiera, y que yo eligiera, me aceptaría tal y como soy y se enamoraría de esa chica muy madura para muchas cosas, pero inocente e infantil para tantas otras.

Y esta autoaceptación también fortaleció el vínculo y la relación con mis amigas. Aunque nuestras experiencias fueron distintas, las vivimos todas juntas. Aprendimos a apoyarnos mutuamente y a celebrar nuestras diferencias, a reírnos de ellas si era necesario y a valorar que, si a una le faltaba algo, la otra podía aportarlo.

Ahora, mirando hacia atrás, me doy cuenta de que mi viaje no fue menos significativo por ser más lento. Al contrario, cada paso, cada momento de duda y cada reflexión me llevaron adonde estoy hoy. Aprendí a valorar mi propio ritmo y a celebrar mi camino único hacia el amor y la felicidad. Las historias de amor auténtico se construyen sobre una base de comprensión y respeto mutuo. Y eso es lo que tengo con las chicas. Tendemos a compararnos y a pensar que el hecho de ir más lentos en el ámbito emocional nos hace menos, pero lo único que nos hace es diferentes. Y en esa diferencia he encontrado mi propia fuerza y sabiduría. A través de los años, he aprendido que el amor verdadero no se mide por la rapidez con la que se desarrolla, sino por la profundidad y la autenticidad de esa conexión.

Hay un episodio de *Sexo en Nueva York* en el que, si no recuerdo mal, Charlotte propone que ellas, sus amigas, sean sus soulmates. Y en otro capítulo Carrie dice una frase que sí me sé: «Es difícil encontrar personas que te amen pase lo que pase. Tuve la suerte de encontrar a tres». Pues yo soy aún más afortunada, porque encontré a bastantes más.

Suena
«Top of the World», de The Carpenters

7

Piscis con piscis

Yon

Yo también soy piscis

Piscis con piscis

Es como antes las compañías telefónicas,

salía más barato con el mismo operador

Yo

Jajajaja

Sí que había leído que no hay

nada mejor que otro piscis para

un piscis

Yon

Me gusta tu cuenta

Un oasis entre tanta carne

Yo

Gracias. A mí también me gusta

Yon

Tienes pensado ir a festivales?

Yo

Maybe. Primavera Sound seguro

Siempre!

Yon

No soy Foals

Yo

Una pena

Yon

Pero toco el jueves en Madrid

Si vienes por aquí, avísame

y nos vemos antes

Yo

Te aviso

Yon

Gi

Puedo llamarte Gi?

Yo

Puedes llamarme como quieras

Gi me gusta

Yon

O Gix2

Te dejo, que salgo con la furgo

Besos sos sos sos…

Yo

Ojito, y cuidado conduciendo

Si te aburres, manda notas

Nos pasamos un par de horas intercambiando notas de voz sin parar.

8

Nunca lo sabré

Yo

Mirad lo que he encontrado

en casa de mis padres

buscando fotos mías de pequeña

en mi caja de recuerdos…

Todas mis fotos, cartas, entradas

del cine, polaroids con Fer…

Qué fuerte…

Estoy con los ojos llorosos

Qué fuerte

Chloe

Tía, no deberías mirar esas cosas,

mira cómo te pones…

Claudia

Amooor…

Lola

Yo es que lo guardo todo también…

y es normal que te afecte…

Chloe

Has pensado en tirarlo?

Yo

Lo tenía en mi antigua habitación, no sé…

No esperaba encontrar todo esto

Lo llevo tanto tiempo guardando…

Me sabe mal tirarlo…

Son muchos años de recuerdos

Carla

Es normal que te sientas así, además acaba

de ser tu cumple, tía. Estás más sensible

Yo
Ya, no sé. Supongo
Qué palo

Entradas de conciertos. Pulseras de festivales. Polaroids. Fotos impresas. Cartas. Entradas de cine. Lo guardo todo… Siempre me ha costado mucho deshacerme de cosas. En el fondo de la caja, encuentro un trozo de papel doblado que no reconozco…

Lo siento mucho. Eres el amor de mi vida y lo serás siempre. Te quiero.

Me cae una lágrima que moja el papel y emborrona el «Te quiero». Sujeto ese mensaje sin saber bien qué sentir. Empiezo a meterlo todo en la caja y la cierro.

En un flash me viene su puñetera cara a la memoria y lo recuerdo llorando y besándome, diciéndome que todo se arreglaría. Estábamos sentados en su coche delante de mi casa. Esta misma casa. Debíamos de haber hecho uno de nuestros pactos para intentar solucionar alguna pelea. No recuerdo bien las normas del pacto ni el motivo de la discusión, pero sí la sensación y el momento. Recuerdo su olor.

Hace años que dejé a Fer. Tuvimos cientos de recaídas tontas, él tuvo novias de por medio, yo algún rollete también…, pero nunca nunca nunca dejamos de vernos, acostarnos y hablarnos… Nos bloqueábamos, silenciábamos…, pero siempre había una vía de comunicación por si acaso. Han sido años tóxicos y llenos de malas decisiones por parte de ambos. Ahora llevo un año sin saber nada de él.

Me viene también a la cabeza el día que Fer borró todas nuestras fotos juntos de su perfil de Instagram. Acababa de colgar la primera foto con su nueva novia y toda nuestra historia había desaparecido, como un zumo caducado reemplazado en la estantería del súper al segundo. Recuerdo que yo estaba con las niñas en casa de Chloe, en Ibiza. Era verano y hacía poco que salía con esta chica y yo me acababa de enterar hacía apenas unos días.

La primera puñalada fue la foto que acababa de subir con ella. Recuerdo que él me comentó que se iba de viaje, pero yo no sabía que era con ella. Verla sin esperármelo me dolió y mucho. Analicé la foto al detalle. Se los veía felices. Bajé un poco más y me di cuenta de que había eliminado todas las fotos que tenía conmigo. Me fui a una esquina del jardín de Chloe a llorar. No entendía cómo había podido eliminarme de su vida de manera tan radical. «Se lo ha pedido ella», me dije a mí misma. Siempre las culpamos a ellas.

—Me juego lo que quieras a que se lo ha pedido ella —dijo Carla una vez me senté en la mesa más calmada y con un clínex hecho una bola en la mano.

—No sé. A ver, lo entiendo. Pero me parece un poco fuerte. ¿Supuestamente acaban de empezar a salir y eres tan insegura que no puedes aguantar que haya fotos de su ex? Una ex de cuatro años… No entiendo cómo los hombres pasan página tan rápido. Ha pasado poco más de un año. Flipo —solté entre mocos.

—Bueno, quizá lo ha hecho para no pensar en ti y para pasar página de verdad —apuntó Claudia mientras analizaba la foto con Carla.

—No se parece nada a ti, ¿eh? Me hace una gracia cuando se van a lo opuesto. Es como la señal más clara de que es una novia tirita —aseguró Carla.

—Bueno, que sean muy felices —dije en voz baja.

—Amor, le va a durar cero. Si sigue obsesionado contigo… —me contestó Chloe mientras me abrazaba.

—¡Tiene un gato, tías! —comentó Claudia enseñándonos la foto.

Claudia siempre ha sido nuestra agente de la CIA en Instagram. Lo que necesites encontrar te lo encuentra.

—Las tías que tienen gatos… —comentó Chloe— están locas. —Todas nos reímos.

—En fin —suspiré.

—¿Quizá no las ha eliminado y simplemente las ha archivado? —señaló Lola.

—Lo dudo, amor —le contesté convencida.

Nunca lo sabré.

Regreso de tantas memorias. Empiezo mal mi nueva década. Yo aquí, con treinta años recién cumplidos, llorando por una caja llena de recuerdos que debería haber tirado en el momento en que volví de ese viaje a Ibiza, como hice con ese maldito clínex usado. Vuelvo a poner la caja debajo de mi antigua cama y me estiro en mi antigua habitación mientras miro por la ventana.

Huele a jazmín mojado, se oyen grillos y pasa una leve brisa que me relaja y adormece. Durante unas horas, olvido todo lo que acabo de recordar y sin darme cuenta espero que, como me ocurre con todos mis sueños, no recuerde absolutamente nada al día siguiente.

Suena
«Quietly Yours», de Birdy

9

Barbie's sudden thoughts of death

Hoy me está costando mucho dormirme y no paro de recordar la escena de *Barbie* cuando para de bailar de repente y pregunta si alguna vez las demás barbies han pensado en la muerte. Toco madera mientras pienso en esto y es inesperado, porque no suelo ser tan oscura, pero hoy es un día raro. He amanecido con un mensaje de mi madre sobre la terrible y repentina muerte de un amigo de mis padres, padrastro de unas amigas, al que, en cuestión de tres meses, le diagnosticaron un cáncer muy agresivo que se lo ha llevado esta noche de madrugada.

Si me pongo a pensar en la muerte, creo que lo que peor llevaría sería la de mis padres o hermanos. No puedo entender ni imaginar un mundo en el que ellos no estén.

No podría despertar sabiendo que ya no llamaré a mi madre nunca más. No podría irme a dormir sabiendo que no abrazaré a mi padre nunca más. No imagino no volver a oír la risa contagiosa de mi hermana ni disfrutar de los mimos inesperados de mi hermano. También pienso en Lupi. Los perros viven mucho menos que los humanos y tampoco imagino mi vida sin los ronquidos de Lupita. Escribo todo esto a punto de llorar. No soy de rezar, pero si alguna vez he pedido algo ha sido que si alguien tiene que morir que sea yo la que me vaya. Que me pase a mí lo que sea que tenga que pasar. Que no me dejen en este mundo sin uno de los míos. Que no sobrevivo. Sé que no. Y lo digo de verdad. Que no. Que me niego.

Y hoy me ha venido otro pensamiento oscuro, vivir sola es lo que tiene. Y, mientras lavo los platos, doy de cenar a Lupi y enciendo velas perfumadas, pienso en mi muerte. A veces me duele el pecho y creo que me va a dar un ataque o que tengo algún tipo de cáncer. No me considero hipocondriaca, pero tengo mucha imaginación, y eso es peor. En realidad, no quiero morirme. Soy muy joven y tengo ganas de hacer muchas cosas. Es como muy cliché, pero, en serio, soy muy joven. Sería muy injusto morir ahora. Y muere gente joven cada día. Pues vaya palo, honestamente. No quiero. Por eso tengo tanto miedo a los médicos. Me da miedo, mucho miedo, que me hagan revisiones y que me encuentren una enfermedad incurable o que me digan que tengo que decidir si entrar en quirófano y vivir cinco años más o no hacerlo y quizá morir en un mes. No quiero. «Cuídate más —me digo a mí misma—. Deja de fumar, deja de beber, haz deporte, puta vaga». Tengo al ángel y al demonio siempre dando por culo en mi cabeza insaciable de situaciones y escenarios imaginarios.

Pienso en todo lo que quiero hacer y en que debería tomar decisiones más saludables. Luego me acuerdo de cómo mi padre siempre nos dice que le hacen gracia todas las modas y tendencias de hoy, del wellness y todas esas mierdas que «te cambiarán la vida, tía», y cómo en su época solo corría detrás del autobús cuando iba tarde y cómo en la oficina todo el mundo fumaba.

No quiero morir.

Quiero ir a Japón, quiero ser madre, quiero vivir una historia de amor de película, quiero pasar un verano en el countryside inglés, quiero volver a visitar Los Ángeles para ir al museo ese de la Academia de Cine, quiero que me inviten a los Óscar o a la Met Gala, quiero vivir una temporada en Londres y quizá estudiar algún curso de filmmaking, quiero conocer a Emma Stone y hacerme su amiga, quiero ir a Bogense en vacaciones, a la Costa Brava con mis amigas y seguir disfrutando de copas de vino y cigarros los viernes por la noche. Quiero volver a cambiarme de color de pelo y dejar crecer mi melena como cuando tenía dieciséis. Quiero irme de despedida de soltera con todas mis amigas y quiero ir a todas las despedidas de soltera de mis amigas. Quiero comprarme más tacones y quiero ver qué tendencias se llevarán en 2034. Quiero saber qué música escucharán mis hijos y sacarme el puto carnet de conducir. Quiero aprender a hablar francés perfectamente y aprender cerámica. Quiero liarme con James Matthews y acompañarlo a las galas de premios. Quiero ser la amiga favorita de todos los hijos de mis amigas. Quiero hacer un cameo en alguna película y comprarle a mi padre un karaoke mejor que el que tiene. Quiero seguir durmiendo abrazada a Lupita y oírla roncar. Quiero más risas flojas con mi hermana viendo tiktoks y quiero hacerme más tatuajes. Quiero ir a París todos los febreros con Andrés y hacernos fotos en el fotomatón del Palais de Tokyo. Quiero saber qué pasa en la segunda temporada de *Miércoles* y quiero envejecer igual de bien que Sarah Jessica Parker. Quiero seguir aprendiendo cosas y ver adónde me lleva la vida. Quiero aprender fotografía analógica y saber de vinos. Quiero salir un mes con un futbolista. Quiero colaborar e ir a algún desfile de Saint Laurent. ¡Quiero superar mi mayor miedo y subirme a un crucero y gritar «¡Soy el rey del mundo!» y que no se hunda el barco! Quiero una casa como la de Gwyneth Paltrow con spa incluido. Quiero leer todos mis libros y ser una mujer culta y sabelotodo y poder decir «En el libro que me estoy leyendo…» todo el rato. Quiero más tardes en casa haciendo el vago. Quiero ver *Sexo en Nueva York* por decimocuarta vez. Quiero ver a mis papis envejecer y ser abuelos. Así que no, no quiero morir. Ya no me presento como tributo. Quiero vivir esta vida a tope y disfrutar de las cosas más insignificantes.

En *Anatomía de Grey* hay un episodio en el que dicen que el verdadero sueño es tener la posibilidad de soñar. Pues yo lo cambio y os digo que la verdadera vida es tan simple como tener la oportunidad de vivir.

Quiero vivir.

Suena
«In Dreams», de Roy Orbison

10

Mi mejor amiga es una mujer casada

Chloe se acaba de casar. Chloe se acaba de casar. Lo repito en mi cabeza incrédula. Mi mejor amiga está casada.

Nos lo dijo en noviembre y me había mentalizado de que esto iba a ocurrir este año, pero ya ha pasado y sigo con resaca emocional. Siempre supe que se casaría con CB. Lo teníamos todas clarísimo y es algo que me alegra, porque los conozco como pareja y cuando tuvieron un pequeño break (diez años eran muchos y lo necesitaban) pensé que realmente el amor había dejado de existir.

Chloe es madura y, aunque ahora resulta mucho menos alocada que antes y parece mucho más tímida de lo que realmente es, en realidad, es graciosísima y muy salada cuando está en confianza (la amiga que más me divierte ver borracha). Todas mis amigas son muy estilosas, pero Chloe lo es desde que nació y tiene un don para hacerse querer y para las parrafadas por WhatsApp. Chloe es de ideas y decisiones claras, cabezota cuando algo le importa, muy amiga de sus amigas, cotilla, sensible, llorona como ella sola y perfeccionista. También es muy trabajadora.

Nos conocimos en el colegio y la recuerdo como una niña minúscula y uniformada, con un lazo enorme en la cabeza y una sonrisa tímida y ladeada. Pero de vergonzosa nada; Chloe se coronó con rapidez como la Blair Waldorf del colegio y desató una fiebre de testosterona importante en los chicos de corte de pelo tipo casco y piel granulada, porque fue de las primeras en desarrollarse.

Recuerdo que una vez tuve que dejarle mi sujetador porque el suyo reventó y, como en realidad yo lo usaba como un complemento puramente decorativo, me tocó prestarle el mío y pasarme el día con los brazos cruzados.

Y en nuestro grupo siempre fuimos de fijarnos en uno, dos o tres cursos más mayores. Y el fichaje de CB fue épico. Como si se hubiera tomado un chupito sabor a amor, Chloe tuvo un flechazo muy heavy y estuvieron persiguiéndose durante mucho tiempo, sobre todo ella, porque es muy de «quien la sigue la consigue». Y aunque no teníamos del todo claro cómo acabaría esa historia, porque a esas edades una nunca lo sabe, nos dábamos cuenta de que CB, por muy terremoto que se pusiera cuando bebía, estaba locamente enamorado de nuestra Chloe.

Recuerdo que los ojos de Chloe (más bien faros) se iluminaban cada vez que divisaban el coche de este en el callejón o en La Carpa. Ella bailaba y bebía con nosotras hasta la hora de entrar para luego desaparecer con él rumbo a Sabadell, de donde además es mi padre. Ahí se cuece lo bueno.

La Carpa es lo mejor que nos pudo pasar a esa edad y quien no sepa de lo que hablo no ha tenido adolescencia. Vivimos la mejor época del concepto «salir de fiesta» y pagaría por revivir una de esas noches. No es por sonar flipada, pero, según CB, yo causaba sensación. «Ha llegado la rubia», decían sus amigos cuando entraba por la puerta.

Y es curioso verlo ahora con perspectiva y años después sin haber sido consciente de esto en ese momento. Tenía mis ligues, por supuesto, y CASI siempre conseguía al chico que quería, así que, en parte, lo de «blondes have more fun» es verdad. Y podéis fiaros al cien por cien de mí, porque he llevado el pelo de todos los colores habidos y por haber. Y el rubio natural es seguramente con el que más he triunfado.

Recuerdo que a mi primer «novio», Mateo, un chico argentino cinco años mayor que yo y primo de una de mis amigas, lo conocí de fiesta y por una absurda apuesta de borrachas con Lola. La apuesta en cuestión (aquí va, cojan asiento) consistía en lo siguiente: al primer chico que nos pareciese atractivo, nos liaríamos con él. Recuerdo que Lola eligió a uno que llevaba brillantes en ambas orejas, más grandes incluso que los que llevaba ella misma.

Yo no sé por qué me fijé en Mateo. Era alto y fuerte. Me miraba mucho y ya nos conocíamos. Y, aun yendo un poco a lo fácil, me la jugué y funcionó. Fuimos novios un tiempo. Incluso se lo presenté a mis padres. Ahora que lo pienso… Mateo fue mi primer novio, ¿no? Supongo. No sé.

La cuestión es que Chloe es una mujer casada. Y se ha casado con el amor de su vida, literal.

Y no puedo estar más feliz por ellos. Lo único que me preocupa es que dicen que cuando cae una, como en un dominó, van todas detrás. Ya tengo amigas casadas, pero, egoístamente, no sé si estoy preparada para que todas mis mejores amigas empiecen a casarse. Porque es verdad que todas, menos un par de ellas, mantienen relaciones (y desde hace años).

Chloe está con CB desde hace doce... y ya casada.

Claudia lleva siete años con Víctor.

Lola vive con Ignacio desde hace unos tres años.

Sofía lleva ocho años con Tomás.

Maya lleva media vida enamorada y vive con Jordi.

Olivia lo dejó hace poco con Álex y ahora está superfeliz con Edu.

Y Charlie conoció a Sergio por Bumble hace poco más de un año y se acaban de mudar juntos.

Y, de mi otro grupo, tengo a Andy, que se casó también hace nada y espera su primer hijo.

A Sam, que se ha prometido hace muy poco.

Y a Marta, que se casa el año que viene.

Carla y yo somos las únicas que seguimos solteras.

Suena

«Without Love», de Ronnie Taylor

11

Rachas extrañas

Yo

Hace días que no hablamos

Qué tal?

Yon

Hauuu

Perdona, una racha extraña y complicada

Yo

Todo bien?

Voy a Madrid este viernes

Si quieres nos tomamos el vino
que tenemos pendiente y me
cuentas…

Nueve horas después…

Yon
Me voy de vacaciones, no estaré…

Yo
Bueno, next time
Desconecta y descansa
Un beso

Yon
Graciasss
Por todo!

No volví a hablar con Yon nunca más.

VERANO

1

Qué bien estoy ahora
y qué mal estaba entonces…

Me encuentro sentada en mi sofá mirando por la ventana. No tengo balcón ni ningún tipo de salida al exterior. Hace calor, pero a esta hora ya refresca. Aun así, yo prefiero que haga un poco más de frío. No me gusta el verano…, me agobian el calor, sudar, la multitud, ir en biquini, mojarme, secarme, no dormir bien… Qué curioso giro le he dado al amadísimo verano, ¿no?

El verano tiene superbuena fama. Los anuncios en la tele lo venden como el momento del año. Mis amigas y todo el mundo esperan ansiosos a que llegue. Esperan las vacaciones, el descanso, el sol, el buen clima, más tiempo con los amigos, salir más de fiesta…, pero me sigue gustando más el invierno. Quizá sea porque no me quedan bien los biquinis o porque no duermo a gusto en mi piso sin aire acondicionado. Aún no lo tengo claro.

Supongo que, si estuviera más a gusto semidesnuda, seguramente querría vivir en un verano constante…, como todas mis amigas. Pero hoy, y desde hace años, tengo días en que me siento fea y gorda. Qué palabras tan horribles, ¿no? Me pasa a menudo y desde hace tiempo. Lo comparto con mis amigas con un punto de coña, pero conmigo a solas soy muy directa y muy sincera. Mi trabajo es un universo en el que el físico lo es todo o al menos el noventa por ciento… Y, aunque pensemos que avanzamos, creo que estamos en uno de los peores momentos. El real beauty existe, pero aún falta mucho camino por recorrer. Vestimos para atraer, para gustar y buscamos convertirnos en la versión más parecida a lo que creemos que quieren o esperan los demás de nosotras. Y aunque posiblemente si adelgazara o estuviera fit seguiría vistiendo igual que ahora, porque sí que es verdad que este es mi rollo, podría vestir aún mejor o ponerme esa mitad de mi armario que no toco porque «no me queda bien» o «me hace gorda» o directamente «ya no me cabe».

Tengo mucha ropa que no me pongo, que no es mi talla o que he comprado para motivarme o hacerme creer que me quedará bien por arte de magia. Y soy influencer. Y retoco mis fotos cuando se me ve el brazo gordo o la papada o un grano. Quizá estoy exagerando, porque tengo un día de mierda, pero llevo tiempo queriendo dejar de vivir de mi imagen. Quiero dedicarme a algo que no me obligue a tener esta presión de cumplir este ideal que no existe de belleza y delgadez. Quiero no tener que publicar mi puta cara y que la gente me reconozca y pueda opinar sobre mí. Quiero comer lo que me dé la gana y no hacer deporte si tengo un mes de mierda.

Vivo rodeada de fitness, cuerpos de revista, obsesión por sentirse guapa y un constante y minucioso análisis diario de todo lo que soy, digo y hago… Y os lo dice una persona que acaba de inyectarse ácido en los labios. Quiero pensar que me lo he puesto porque me apetecía y punto. Pero ¿y si está relacionado con mi falta de autoestima actual? ¿Y si es el único cambio instantáneo, aparte del pelo, las uñas, las pestañas…, que podía hacerme para la llegada de mi odiado verano? Un cambio inmediato que sabía que me haría más guapa, más sexy… No sé. Quizá llevo dos años cambiando cada seis meses de color y corte de pelo porque no me siento cómoda conmigo. No estoy del todo satisfecha, porque me conozco y soy una insaciable constante. Hace años que tengo una falta de autoestima evidente y un corazón vacío que no forman una buena combinación.

Hoy he tenido un meltdown real y me he *pasao* el día llorando. Siempre coincide con algún drama amoroso o un encuentro con Fer. Hoy mi vida es un pozo sin fondo. Mi piso es un caos y mi cabeza también. He vuelto con resaca emocional de la Costa Brava después de un San Juan rodeada de mis padres y algunos matrimonios de sesenta años. Y no tengo pareja ni ganas de tenerla. Estoy muy negativa. Estoy harta de la búsqueda constante de inspiración. Me da palo todo lo que se me viene encima en verano, porque la gente me tiene que ver en bañador y no quiero sentirme la más gorda. Mis amigas avanzan con sus novios y con sus vidas. Se casan. Tienen bebés. Hay mudanzas y nuevas etapas en pisos compartidos. Los proyectos de los demás parece que salen bien, pero el mío no. El dinero me agobia, pero no paro de gastar. Me siento muy sola. Los chicos que me gustan pasan de mi cara. Fer sigue reapareciendo en mi vida, mi cabeza y mi corazón…, y todo es una mierda ahora mismo.

Leeré esto en un tiempo y fliparé. Y aquí estoy…, no sé si peor o mejor que el año pasado en esta fecha, sentada, fumando mientras escucho la música deprimente de alguna peli que acabo de ver y, cómo no…, sola y escribiendo sobre lo sola que estoy.

En fin, esto no es un diario y mi intención es escribir por escribir, pero acabo de ver una peli sobre escritores. Me he motivado y me he puesto la banda sonora de la película que, por cierto, es buenísima. Y nada, eso, que siempre acabo escribiéndole a alguien. Alguien que no existe y que lo más posible es que nunca lea esto. Yo seguro que lo leeré algún día y solo espero pensar… qué bien estoy ahora y qué mal estaba entonces.

Suena
«Gospel», de The National

2

¿A qué hora puedes pedirte un vino sin parecer una alcohólica?

—Es mono, pero tiene pinta de ser muy bajito y ya sabéis que este año decidí apostar por hombres altos, así que *I'm not sure* —les explico mientras busco su perfil para enseñarles al hombrecito en cuestión.

Tengo una cita el domingo. En este momento, sin embargo, estamos paradas en un atasco camino a la Costa Brava para pasar unos días juntas en casa de Claudia a la que nos encanta ir en verano.

—Pero ¿de dónde ha salido? ¡Enséñamelo! ¡Foto! ¡Foto! —grita Lola mientras se asoma entre los asientos devorando los Doritos que hemos comprado hace un segundo en la gasolinera.

—No toques los asientos, que es el coche de Jordi y me mata —dice Maya mientras intenta sincronizar el bluetooth de su móvil.

Llevamos media hora paradas y mi vida como soltera de oro del grupo es el máximo entretenimiento.

—De Raya, tía. Pero en Raya siempre salen rana. O demasiado flipados o demasiado guapos o demasiado… famosos. O demasiado bajitos… —comento entre risas.

Mis amigas casadas o en pareja llevan años fuera del mercado y soy su gurú personal de las apps de ligues. Raya es la del momento y la usan muchísimos famosos y, aunque jamás he tenido buenas experiencias con hombres de Raya, sigo jugándomela hasta ver si algún día hago match con Harry Styles.

Les enseño el perfil de Carlos, mi nuevo fichaje y con el que llevo un par de semanas hablando sin parar. Nos lo contamos todo, me manda fotos y vídeos constantemente y nos pasamos conectados la mayor parte de las noches. Aunque dos de sus fotos son con gatos, y estos no solo me aterran, sino que soy superalérgica, parece… atractivo e interesante.

Tiene un humor negro que me atrae y el hecho de que sea fotógrafo me gusta, porque me encantan los hombres creativos. Suelen ser tíos que solo tienen fotos de ellos mismos modo selfi, hechas con cámara analógica, porque «no tengo fotos mías, mi rollo es fotografiar aquello que me inspira y mi propio retrato (porque no lo llaman selfis, son demasiado profundos para ello) me bloquea la mente y me parece superficial». También tienen alguna más sin camiseta, luciendo tatuajes; siempre cae algún vídeo haciendo skate (¿por qué los fotógrafos siempre hacen skate?) y un paisaje o foto artística para darse esa personalidad menos… egocéntrica, aunque sabemos que, en realidad, el egocentrismo es su personalidad. Y, aunque conozco este prototipo de hombre a la perfección y siempre me acaban decepcionando, sigo cayendo en la trampa.

—Me acaba de decir de quedar para un café y un paseo el domingo después de comer —les explico.

—Ufff, yo necesitaría un vino más que un café —dice Lola.

—Ya, suelo preferir algo de alcohol para relajarme en una cita, pero el otro día mi madre me pasó un artículo sobre lo interesante que sería tener citas sin alcohol de por medio. Al final el alcohol te nubla y me di cuenta de que muchas veces he acabado pedo en las citas y cuando vas pedo todo está menos claro y una pierde habilidades para ver… red flags, por ejemplo —explico intensamente, como si de repente hubiera decidido no beber nunca más mientras contesto a Carlos para sugerirle que quizá me iría mejor quedar más tarde (básicamente para poder pedirme un vino si lo del café no cuaja…). Un vino a partir de las seis y media de la tarde es aceptable. Un vino a las tres y media es de alcohólica.

Carlos
Vamos a dar un paseo o algo
Café + paseo
Te veo a las 15.30 en plaza España?

Yo
Mmm, tan pronto… 16?
Nunca he ido a plaza Espanya,
qué emoción

Carlos

Es que si no ya se hace de noche

Yo

Y te vuelves hombre lobo o qué pasa

Carlos

No, me duermo

Si no, también podemos desayunar mañana

Yo

Mmm, prefiero el paseo…

Carlos

Quedamos en Raw Coffee a las 16, va!

Llevaré ropa puesta y calzado

Y tengo un iPhone

Para que sepas quién soy

Me llama pija todo el rato y hace bromas por pasarme el día cenando fuera y yendo en taxi. Y no le falta razón, porque me muevo mucho en taxi y siempre estoy de cena o de comida por ahí, pero me adapto a todo y a cualquier plan. Seguimos en un atasco y me empiezan a doler las piernas.

—Tías, vaya mierda es esto, no llegaremos al aperitivo. Llevamos dos horas aquí paradas —digo comiendo Doritos.

—¿Sabéis que voy a ser tía? —dice Lola.

—¡Qué dices! —grito emocionada mientras me giro para mirarla—. ¿Y lo sueltas así de repente?

—Es que mi hermana acaba de mandar una foto de la ecografía. —Nos la enseña.

—Qué monada. ¿Niña o niño? —pregunta Maya.

—No lo saben aún, pero esperan que sea una niña. Quieren una niña —dice Lola.

—Espero que sea una niña. No necesitamos más hombres en el mundo.

Y soy de lo más contundente en esta afirmación.

Suena

«I Think We're Alone Now», de The Rubinoos

3

Mejor cita, peor persona

Yo
Oye, he estado muy a gusto hoy
Loved both places, además
Gracias!

Carlos
Jeje, y yo GG
He decidido que tu nombre se escribe así
Eres muy guay

Me envía un vídeo de la ducha. «Eres muy guay». Mmm. Nunca sé cómo interpretar ciertos cumplidos. «Eres divertida» seguro que no es bueno porque significa algo pasajero. «Eres simpática» tampoco, porque quiere decir que le has caído bien, pero no quiere acostarse contigo. «Eres muy guapa» se traduce en que solo quiere sexo y que le ha dado igual tu personalidad. «Eres muy guay» entraría en la categoría de divertida, que lo mismo puede acabar en sexo *if u are lucky* o en una simple amistad…, y tengo claro que no necesito más amigos.

Yo
Hostia, es literal, ducha abierta
Bueno, así puedes vigilar a tus gatas

Carlos
Claro, así, si me vienen a matar,
puedo chillar más fuerte porque
lo veo venir

Yo
Ya en la cama, me has
contagiado tu abuelitis
Cuando vuelvas de Italia,
podríamos ir al cine…

Carlos
Claro!
Vamos a ver *Napoleón* o qué?

                                    Yo
                                 Yesss!

Va a ser verdad lo de que las citas sin alcohol son mejores. Ha sido una buena cita.

A las 16.07 llego a la cafetería donde Carlos ya está sentado tomándose un café. Es puntual y no le da vergüenza venir con tiempo y pedirse algo él solo. Like. Se levanta y me saluda con dos besos. Le mancho la camiseta blanca con maquillaje. Ups. Es muy bajito. Mucho más de lo que esperaba. Dislike. Me acompaña dentro a por un café. Lo conocen. Está en su terreno. Me pido un latte con leche de avena y lo miro sonriente. No sé muy bien qué decir. El primer encuentro es siempre un poco violento.

—¿Vamos a ir a dar un paseo entonces? —le pregunto mientras pago el café.

—He pensado que podríamos ir al Pavelló Alemany —me dice.

—¿Es un museo? ¡No he ido nunca! —le respondo mientras bebo un primer sorbo de café.

—No me creo que no hayas ido nunca al Pavelló. Voy mucho ahí a pensar o a buscar inspiración —me comenta.

—Pues me tienes muy intrigada. Vamos.

Charlamos mientras andamos hacia allí. Hace una tarde preciosa y va pasando el rato. Nos reímos y nos contamos cosas cada vez un poco más personales. Al llegar al Pavelló, el de seguridad lo conoce y Carlos le enseña una tarjeta.

—Hay que ser miembro para poder entrar. Te dan uno más uno siempre —me explica.

Nos sentamos al lado de una fuente y seguimos hablando. Me cuenta sobre su trabajo como fotógrafo y me explica que saca fotos cada día. Le pregunto si ha tenido problemas alguna vez fotografiando a gente de la calle sin su permiso y dice que intuye cuándo tiene que avisar y cuándo no. Me gusta cuando alguien cuenta con pasión lo que hace y se nota que tiene un trabajo que le gusta. Sin darme cuenta pasa el rato y el cielo va cambiando de color y se convierte en un rosa pastel que ilumina el Pavelló. Nos envuelve en una luz especial. Me pregunta sobre mí y se ríe conmigo mientras le cuento ciertas anécdotas y le hablo sobre lo raro que es definir lo que hago y a lo que me dedico.

—Bueno, ¿quieres que te enseñe el Pavelló o qué? —me pregunta.

—Claro. Va, hazme de guía —le contesto.

Paseamos por el lugar y me suelta detalles específicos, como algunas fechas, cuándo se construyó, para qué y por quién. Me gusta la gente que me enseña cosas y que sabe este tipo de información. Una chica se acerca con una cámara de fotos y nos mira ilusionada.

—Estabais supercool ahí los dos caminando y os he hecho una foto. Espero que no os haya molestado —nos dice mientras nos la enseña.

—Muchísimas gracias. Yo también hago fotos, así que ni te preocupes —le contesta Carlos.

—Muchas gracias. La foto mola.

Nos alejamos sonriendo mientras me sigue contando cosas sobre el lugar. Hay una familia con un niño que hace fotos con un iPhone a todo lo que ve mientras hace posar a sus padres delante de la fuente. Carlos se agacha, coge su cámara y les saca una foto. Jamás se me hubiera ocurrido tomar una foto de ese momento. Y, sí, la imagen es curiosa, porque el niño es muy pequeño.

—Ahora entiendo por qué sacas fotos todos los días. Ves cosas que el resto no vemos. Qué guay —le digo.

—Gracias. —Me sonríe—. ¿Qué quieres hacer ahora? —me pregunta.

—Mmm, podemos ir a tomar algo si quieres —le propongo dudosa.

Quizá su idea era irse a casa, porque empieza a anochecer.

—Sí, ¿no? Tengo hambre. Vayamos a picar algo. Conozco un sitio —me dice.

Caminamos unos veinte minutos largos y cada vez me siento más a gusto. Lo que siento no es tanto atracción sexual como curiosidad. Me parece un personaje interesante y un chico diferente a los que ya conozco. Me explica que vivió durante muchos años en Estados Unidos. Hablamos sobre Nueva York y me cuenta un montón de cosas que no sabía. Me gasta bromas y se ríe. «La cita va bien», pienso. Llegamos a un bar donde también lo conocen y nos pedimos unas copas de vino natural y unas aceitunas. Ya me ha ganado, porque no hay nada que me guste más que un bar mono, vino natural y aceitunas.

—No conocía este bar. Me has llevado a dos lugares en mi propia ciudad en los que no había estado nunca —le digo.

—Porque eres una pija y seguro que te pasas el día en los mismos sitios. Esta zona tiene su encanto, yo soy de caminar mucho y siempre encuentro nuevos espacios. Aquí vengo mucho.

En la mesa de al lado hay una pareja liándose muy apasionadamente. El chico le mete la mano por debajo de la camisa y nos entra la risa. Cada vez que empiezan a liarse otra vez, nos avisamos y los miramos con disimulo. El vino está buenísimo. Carlos se levanta para ir al baño. Mientras espero, pienso en que estoy a gusto. Entra una pareja que también ha estado en el Pavelló. Les sonrío dando por hecho que ellos también me reconocen. Se acercan a mí y pienso que quizá los estoy confundiendo y no es del Pavelló de donde los conozco. Sonrío incómoda mientras bebo un sorbo de vino.

—Perdona, estabas en el Pavelló esta tarde, ¿no? —me pregunta ella.

Carlos llega del baño y me mira extrañado mientras se sienta.

—Sí, estábamos allí hace un rato —le contesto.

—Os he visto ahí sentados, los dos de negro y parecíais diseñadores o algo y os he sacado una foto y era por si la queríais —nos cuenta mientras nos la enseña.

Carlos y yo nos miramos y nos reímos.

—¡Claro, mándamela por AirDrop! ¡Muchas gracias! —les dice Carlos.

La pareja se aleja y se sienta en una mesa cerca de la ventana.

—Qué fuerte. Dos fotos en una tarde. Qué casualidad y qué random, ¿no? —Estoy alucinando.

—No estaba entendiendo nada. La foto mola, ¿eh? —Me la enseña.

—Sí que mola, sí —le contesto—. Me estabas contando que te vas a Italia por curro.

—Sí, aún no sé la fecha exacta, pero me apetece mucho. Hace demasiado que no voy por ahí —me dice.

Nos acabamos el vino y hablamos de cine, de música y de tatuajes. Me invita y paseamos hasta la estación de metro. Nos despedimos con un abrazo y me dice de «volver a vernos pronto».

Han pasado unos días desde la conversación en que me dijo que era guay, aquella en la que me envió el vídeo de la ducha y decido volverle a escribir:

Yo

Cuándo vuelves de Italia?

No contesta… Hoy día el mensaje sigue sin estar leído. Lo dejo de seguir.

Suena

«Running Red Lights», de The Avalanches

4

No me pienso ir a casa hasta que te vea

¿Le felicito o no? Hoy es el cumpleaños de Fer y rebuscando entre mis notas encuentro una carta que le escribí hace unos años, pero que jamás le envié:

Eres mi amor y lo serás siempre.

No sé cuándo tendré el valor de enviarte esta carta ni tampoco tengo claro que te la vaya a hacer llegar… Pero ayer fue uno de los días más tristes de mi vida y, antes de que sigas leyendo, quiero que sepas que la intención de esto no es hacerte sentir culpable de nada.

Recuerdo que el año pasado, el día de su cumpleaños, durmió en casa. Voy a empezar por el principio. Amanecía y yo estaba dormida tan tranquila. Sus amigos le habían organizado una fiesta. Hacía meses que no nos hablábamos y, aunque habíamos tenido varias recaídas durante este tiempo, yo prefería mantenerme al margen y no contactarle. Tenía novia e iban en serio. Estaban viviendo juntos. Me levanté a por agua y vi cinco llamadas perdidas de Fer, pero preferí no hacerles caso.

De golpe, me volvió a llamar. Eran las siete de la mañana.

—¿Estás en casa? —me preguntó.

Iba borracho, estaba segura.

—Fer, estoy dormida —le contesté mientras me incorporaba.

—Estás con otro, ¿verdad?

—Qué dices. Vas borracho. Vete a casa. ¿No te espera tu novia?

—No me has felicitado.

—Se me ha olvidado. Felicidades.

—Vaya mierda de felicitación.

—Son las siete de la mañana. Quiero dormir. ¿Dónde estás? ¿Estás solo?

—Mmm, no sé. Cerca de tu casa, creo.

—Pero si no sabes ni dónde vivo.

—Me dijiste que vivías cerca de los cines.

—Madre mía.

—No me pienso ir a casa hasta que te vea. Quiero verte. Ahora.

—No entiendo. ¿Has conducido hasta aquí?

—No sé dónde tengo la moto.

—Fer…

—Voy a gritar tu nombre hasta que bajes.

Empecé a oír cómo chillaba a todo pulmón.

—PARA DE GRITAR. VOY.

Me puse una sudadera y bajé en ascensor. Abrí la aplicación de taxis para pedirle un coche. Salí a mi calle y ahí estaba. Borracho perdido. Con una sonrisa de oreja a oreja. Se tambaleó, se acercó y me abrazó.

—Hola. Vaya mierda de felicitación, ¿no?

—Calla y entra. Te estoy pidiendo un coche.

—No tengo llaves.

—Pufff…, Fer, de verdad. Te voy a poner en el sofá y en unas horas te vas.

—Vale.

Subimos al ascensor y apestaba a whisky barato y a tabaco. Fer nunca había estado en esta casa y me pidió que le hiciese un tour. Le dije que no, que ya si eso al despertar. Cogí una manta y le pedí que se tumbase en el sofá.

—¿Con quién estabas? —me preguntó mientras se quitaba un zapato.

—Con nadie, ya te lo he dicho.

Fer resopló.

—No te creo. Por eso no me contestabas.

Se estiró y se tapó con la manta hasta cubrirse la cara y solo le vi los ojos. Se empezó a reír.

—Ven aquí. No puedo dormir.

—No vamos a follar.

—¿No? ¿A cuántos tíos te has follado en este sofá?

—Dios, Fer. Buenas noches.

Me encerré en mi habitación y esperé sentada en el borde de la cama a que se durmiera. Jugué con la alfombra con mis pies descalzos. Ya no tenía sueño. Conseguí descansar hasta las diez. Me desperté y me levanté silenciosamente para ver si seguía dormido. Salí al salón. Lo miré mientras estaba enroscado como un caracol. Aún llevaba la chaqueta puesta y roncaba. Le cogí el teléfono y vi que tenía diez llamadas perdidas de su novia y dos de su madre. Lo desperté y le dije que no había parado de sonar su teléfono. Abrió los ojos asustado. Se incorporó del sofá. No tenía ni idea de dónde estaba.

Llamó a su novia y se disculpó conmigo con señas. Me senté en el sofá a su lado mientras la llamaba. «Hola, amor», le dijo. Suspiré y me fui a la cocina para hacerme un café. Lo observé a distancia.

Qué triste todo. Regreso de nuevo al presente y pienso en el día en que empezó todo esto. Rememoro el día del que hablo en esta carta que estoy leyendo poco a poco entre los recuerdos que me visitan. El día en que, después de acostarnos y dormir juntos, me echó de su casa porque venía ella. El día en que me enteré de que lo nuestro no significaba nada y de que lo que tenía con ella iba en serio. El día en que se me ocurrió declararme y decirle que me arrepentía de haberlo dejado. Me senté en un banco para intentar calmarme. Solo quería que pasaran las horas. Quería que fuera otro día. Quería darme una hostia tan fuerte que me hiciera olvidar las últimas horas. «Unas últimas horas contigo…, mi amor». Sí, continúo leyendo esa carta que nunca le envié.

Me subo en una nube y empiezo a recordar nuestra historia…, pero enseguida caigo y me doy de narices contra la realidad, una vez más. Porque tú… tú has pasado página… Estás con otra persona. De mí ya no te fías, ni yo de ti. Ya no encajamos, ha pasado mucho tiempo para ti… Te recuerdo perfectamente diciéndome todo esto, mirándome con esa carita tuya, con expresión confusa, incrédula y sorprendida ante mi declaración. Mi desesperada declaración… Te dije que te quería. Ayer te dije que te quería. Vine llorando a tu casa, destrozada y emocionalmente débil para decirte, después de casi dos años, que te quería. Pero, como temí en su día…, fue una declaración que decidí hacerte llegar demasiado tarde y en muy mal momento.

Estás conociendo a alguien. Qué digo, ESTÁS con alguien. Vomito y repito esta frase en mi cabeza cada minuto que pasa desde anoche. Lo sabía, pero hasta ayer no me lo quería creer. El día en que me enteré no parecía importante. Fuiste tan dulce y me hiciste sentir tan segura… Me decías que era una simple distracción, que no tenía futuro, que yo era la mujer de tu vida y que seguías pensando que nos casaríamos, pasara lo que pasara. Yo también tenía esa idea en mi cabeza. Pero ayer lo vi todo diferente.

Son las tres y treinta de la madrugada y no tengo sueño. Te escribiría durante horas. Respiro mejor cuando escribo. Escribirte es lo más parecido a tenerte aquí. Dicen que es difícil encontrar a tu persona. Yo estoy orgullosa de poder decir que la encontré hace unos años. Te quiero, te quiero, te quiero, te quiero.

Siento haber tardado en decirte que te quería. Siento haber tardado tanto en volver a ti. Siento que haya tenido que pasar así. Siento que haya otra persona en tu vida. Lo siento. Espero que mis «lo siento» aún signifiquen algo.

Te querré siempre y, aunque quizá todo esto no sirva de nada y nuestra historia solo sea recordada por ambos como «nuestro primer amor» y pasemos a ser completos desconocidos…, yo te seguiré queriendo toda mi vida. Te llevo tatuado en mi muñeca y eso es para siempre. *Promise.*

Espero que algún día despiertes, me recuerdes y quieras, no sé…, ¿volver a empezar?

Te quiero muchísimo y un poquito más,

GINA

Decido no felicitarlo.

Suena

«When U Loved Me», de Hether

5

Members only

Laura

He perdido el autobús, llego tarde. Estamos
en la lista de Harry. Él ya está ahí
Sube y busca a un chico con el pelo muy
largo

Yo

OK. Subo

El mundo members club es tan curioso… Pagas una barbaridad al mes para tomar algo rodeado de gente que se cree que es alguien y por una privacidad que solo es justificable para celebrities. Nadie te lo dice, pero en realidad pagas para «ser más cool» y, aunque la gente que es member inventa excusas para sentirse mejor, siempre cae una de estas frases:

«Genial para conocer a gente».

«Networking, tía».

«Es superinternacional, gente de todas partes».

«Te iría genial para ligar y está lleno de gente guapa».

«Literal, es member todo el mundo y hay muchísimos famosos».

Que sí, lo que tú digas. La realidad es que en estos sitios no ves un pijo porque la luz es tan sexy, tan tenue, que no se ven bien las caras. De ahí que esté lleno de gente guapa. Claro. Si alguien te parece feo en un members club, huye, porque a la luz será un craco. También da la sensación de que siempre parece que sean las once y treinta y cinco de la noche y que estemos en el Medievo con tanto candelabro y tanta hoguera. Y, para colmo, sales impregnado de un olor a sandalwood, el pelo sucio de tanto vaping y tu cuenta a menos veinticinco euros por un cóctel overpriced que han tardado tanto en preparar que para cuando llega a tus manos tienes tantas ganas de bebértelo que te sale más a cuenta pedirte una ostra, porque la engulles a la misma velocidad, de un trago.

Mi única ilusión y la única razón por la que he venido es para encontrarme con Harry Styles saliendo del ascensor. Seguro que es member. Estoy en Londres desde hace un par de días. Llevo todo el fin de semana paseando por una de mis ciudades favoritas. Me he comprado unas bailarinas de piel ideales que ya he estropeado por ponérmelas un día en que cayó el diluvio universal. No he visto el sol aún y, aunque siempre digo que no me importaría vivir con mal tiempo cada día, ahora que lo estoy viviendo, odio bastante la lluvia y este puto frío. He ido a un par de exposiciones sola y a dos de mis restaurantes favoritos a comer conmigo misma. Ahora estoy en Shoreditch House, es domingo y está a reventar. Voy paseándome por las mesas en busca de Harry; Harry, no Harry Styles, sino un amigo de Laura con el que hemos quedado para tomar algo durante mi última noche en Londres.

Pelo MUY largo. Pelo MUY largo. Pelo MUY largo. Quizá sea verdad lo de que la gente es guapa. Analizo cada mesa como un halcón y los asistentes me miran molestos. Estoy invadiendo su intimidad. La última vez que me fie de una descripción de Laura acabé saludando a tres tíos MUY altos y pelirrojos, pero ninguno era Jake (así se llamaba el tipo en cuestión en aquella ocasión). En un sofá hay un chico con una camiseta oscura y pelo MUY largo recogido en una coleta pegando sorbitos a una cerveza y haciendo scrolling en su iPhone. Lleva puesto un AirPod y habla en voz muy bajita (no está permitido hablar por teléfono). Rebelde, me gusta. Seguro que es Harry y que está hablando con Laura. Me acerco poco a poco con una sonrisa amistosa y levanta la cabeza mientras se quita el casco. No me sonríe y me extraña, teniendo en cuenta que Laura le acabará de decir que estoy aquí sola y que me acoja. Su cara me dice que me equivoco, pero ya estoy demasiado cerca como para dar media vuelta, así que, con mi poca vergüenza y *to make things worse*, le pongo la mano en el hombro y le digo «¿Harry?». El tío me mira confundido y me contesta que no es Harry. Genial. Gracias, Laura.

Me despido y me disculpo del falso Harry y sigo deambulando por la sala en busca de OTRO chico con pelo largo. Hay gente jugando al billar, parejitas besándose en sofás cama y grupos de amigas brindando con champán. Doy el pego, porque llevo mi abrigo nuevo y me he maquillado muy bien. No he traído ni bolso y hasta puede parecer que me hospedo aquí esta noche. Nadie sabe que he venido en bus. Soy una member más. Pero voy sonriendo a la gente discretamente y nadie me sonríe de vuelta. Esto me delata. DEJA DE HACER EL FRIKI. *STOP SMILING*.

En una esquina, en un sofá de terciopelo rojo, veo a un chico en traje con el pelo MUY largo. Lleva un anillo en cada dedo y busca algo en un pequeño bolso que tiene encima de las rodillas. No le veo bien la cara, pero estoy un noventa y nueve por ciento segura de que es un chico. Tiene que ser Harry. Me acerco acelerada, cansada de hacer la idiota.

—¿Eres Harry? —pregunto.

—¡Sí! ¿Gina? —me responde sonriente.

Bingo. Se levanta y me saluda con un abrazo. Lo de los dos besos es muy español y agradezco cuando me abrazan directamente para así evitar giros de cara incómodos, picos y cualquier tipo de awkwardness en general. Lleva un traje gris y mocasines. Se coloca el pelo detrás de la oreja y me invita con un gesto a sentarme a su lado mientras me pregunta si quiero tomar algo. Conectamos enseguida y me hace reír. Es mono. Tiene una mirada triste, pero una sonrisa dulce. Le cuento qué hago en Londres y me pregunta por mi amistad con Laura. Le digo que somos prácticamente familia y que nos conocemos desde los doce años. Me explica que es músico y que tiene una banda con su hermano. Me alegro de haber venido.

Laura llega enseguida y se disculpa mientras hace señas al camarero. Encargamos algo de cena y me pido una copa de vino blanco que cuesta trece libras. El resto de la noche fluye entre risas e historias de dating, red flags y amores frustrados. Harry confiesa que lo dejó con su novia, con la que llevaba cuatro años, en noviembre y que ahora mismo solo busca divertirse. Hablamos de lo tóxica que es la gente que no hace preguntas y del palo que me dan los finance guys.

Definición de finance guy: hombre hetero con traje hecho a medida o entallado, chalequito plumas de Uniqlo, trabajo corporate, miembro de algún gym privado, de buena familia y que habla el ochenta por ciento de trabajo. Viaja y se hace alguna foto con un cóctel o en una playa paradisiaca, y esa suele ser la portada en sus dating apps. Le gusta la música tecno, porque es lo que se lleva. Bebe cerveza. Va en moto o tiene un Audi. También lleva muchos jerséis con cuello cremallera, prendas azul marino y chaquetas Barbour. No pueden faltar tampoco las gafas Persol.

Con Harry hablamos de música y le recomiendo mi última playlist. Le hablo sobre mi canción favorita y se la guarda. Miro el móvil y veo que son las once de la noche. Al día siguiente tengo el vuelo por la mañana y lo inteligente sería irme ahora. Me quedaría más rato y hablaría con Harry durante horas. Me despido y le digo que me avise si viene por Barcelona. Por un segundo casi olvido de que también está Laura.

Llego al hotel y me meto en la cama. Cojo el móvil y entro en Instagram.

Harry
Oh, honey, I loved. Oh, honey

Es la canción que le había dicho. Hablamos hasta las dos de la madrugada.

Suena

«Oh Honey», de Delegation

6

Mujer contra mujer

Hoy estamos cenando las chicas y recordamos una historia que nos hizo mucha gracia en su día. Un chico le dio like a la foto de una influencer conocida que posaba semidesnuda y la novia de este tío (entendimos que esa era la relación entre ellos) comentó la instantánea, pero cuestionando el like. El chico respondió con un «Me recuerda a ti». Menudito. Este momento nos ha hecho darle vueltas a la inseguridad y la competencia que hay entre las mujeres. Les he preguntado a las chicas, porque tienen novio, si a ellas les molestaría o no.

«Depende de la tía, la verdad».

«A mí solo me molesta la guarra de Ana. Ya tuvimos bronca un día».

«Yo es que soy cero celosa, pero sí que no veo la necesidad de seguir o darle like a tías en bolas».

«A mí es que me daría más vergüenza que la gente viese que mi novio les da like a este tipo de perfiles. Yo a veces veo a amigos o a novios de amigas y pienso… ¿Está cachondo o qué le pasa?».

«Me encanta, porque Ignacio no tiene Instagram».

«Es que muchas de estas chicas suben esas fotos precisamente para que los tíos les den likes. Odiaría pensar que los tíos rulan esas fotos por los grupos».

«A mí me la suda. Que cada uno haga lo que quiera y suba lo que quiera. Yo siempre le doy a like a buenorros y obviamente ellos también pueden hacer lo mismo si quieren».

«Nosotros bromeamos con estas cosas y a veces le mando fotos en plan: "Mira qué buena está, amor". Es como un juego».

«Yo lo mato».

¿Cuántas veces hemos dicho que las chicas podemos ser muy crueles? ¿Cuántas veces nos han tachado de complicadas o difíciles? ¿Cuántas veces hemos llegado a odiar a «la otra» o a «la ex»? Decimos palabras como «puta» y «zorrón» sobre mujeres que ni conocemos. Soltamos frases como «en persona no está tan buena», «se ha operado entera», «es una guarra, se ha pillado a media España» de forma natural y sin pensar. Que levante la mano quien nunca haya opinado o comentado de mala manera algo negativo o despectivo sobre otra mujer.

Esto me hace recordar esa mítica escena de *Chicas malas* cuando la profesora Norbury (el personaje de Tina Fey) decide encerrar a todas las chicas del colegio en el polideportivo después de que Regina George haya colgado fotocopias de su *Burn Book* por todo el instituto causando una batalla campal.

La profesora Norbury pregunta a todas las chicas si alguna vez se han sentido personalmente atacadas por Regina George. También les pregunta si han sido insultadas por otra chica. Y por último pregunta y pide que alcen la mano si alguna vez han hablado mal sobre otra mujer a sus espaldas. Todas lo hacen.

Y es que, en realidad, desde que vi *Chicas malas* por primera vez, la película conectó profundamente conmigo. Si la veis por decimocuarta vez, os daréis cuenta de que es mucho más profunda de lo que parece y que habla, en gran parte, de esta evidente y turbulenta competencia entre mujeres que se magnifica sobre todo en nuestra adolescencia, pero que, con las redes y por mi trabajo, experimento a diario y de primera mano…, incluso ahora con treinta. Me pasa también con *Clueless (Fuera de onda)*, otra película icónica. Cher Horowitz, la protagonista, solo busca mantener su estatus social mientras ayuda a una nueva amiga a integrarse. En la película destaca cómo las chicas pueden ser tanto competidoras como aliadas y cómo la apariencia y el estatus social influyen en las relaciones. Y en una de mis películas favoritas, *El diablo viste de Prada*, la competencia entre mujeres se desplaza al mundo laboral. Andy Sachs se enfrenta a un universo cruel de competencia, superficialidad y perfección: la industria de la moda.

Todas sabemos que el patriarcado ha jugado un papel crucial en perpetuar esta competencia entre mujeres y que, desde bien pequeñas, somos educadas para creer que nuestro valor reside en nuestro físico y en cómo nos perciben los demás. Y este sistema de mierda nos enseña que solo hay espacio para unas pocas. Regina George en realidad es la personificación de cómo el patriarcado valora la belleza y el poder sobre todas las demás cualidades. Nunca entenderé por qué no nos dejaban ver esa peli en el colegio. Y es que la película en sí es muy fuerte, porque una de las estrategias para derrotar a Regina es engordarla y hay una escena que hoy en día estaría muy mal vista en la que, con un par de cojines de espuma en el culo, Rachel McAdams se pasea por el comedor mostrando cómo «ha engordado» y sus amigas no la dejan sentarse en la mesa con ellas. Todo el comedor se ríe de ella y un chico la insulta llamándola gorda o algo del estilo.

Y esa escena en concreto para mí sería una descripción muy gráfica de las redes sociales. Porque ahora no solo competimos con las chicas que conocemos, sino con una imagen idealizada de mujeres de todo el mundo y desconocidas. Instagram, TikTok y las demás plataformas nos bombardean constantemente con imágenes de mujeres que parecen tenerlo todo: son guapísimas, tienen la piel perfecta, el cuerpo perfecto, la casa perfecta, el marido perfecto y los hijos perfectos. Y esta comparación constante es agotadora, porque nos hace sentir que nunca somos lo bastante buenas y que siempre habrá alguien más guapa, más exitosa o más sexy que tú.

Y sonará hipócrita viniendo de mí, pero las redes sociales fomentan una cultura de perfección inalcanzable, donde solo mostramos nuestras mejores versiones, creando expectativas irreales. Y eso es muy peligroso. Y, como alguien que ha vivido estas experiencias, he tenido que trabajar mucho en mí misma para superar la sensación de que siempre hay alguien mejor. Me he frustrado mucho todos estos años. Y esta competencia entre mujeres no solo afecta nuestra autoestima, sino también nuestras relaciones. Porque nos hace desconfiar de otras mujeres.

En fin, que aquí estoy con mis chicas, hablando de cambiar este lenguaje. De cuestionar y desafiar estas narrativas. El patriarcado y las redes sociales no deberían dictar nuestro valor. Como diría mi amiga Laura (que es coach de mujeres): «We are high-value women». Cada una de nosotras tiene cualidades únicas que nos hacen valiosas y especiales. Y, aunque ya sé que suena muy cliché, en lugar de competir entre nosotras, deberíamos apoyarnos y celebrarnos mutuamente. Tenemos que superar esta competencia tóxica y construir una cultura de solidaridad y apoyo entre nosotras.

Alegrarnos y celebrar los logros y las cualidades de las demás. Hablarles como nos hablaríamos a nosotras mismas o a una amiga. Siempre pienso en lo importante que es un cumplido, un mensaje o un comentario para otra persona y cómo puede influir en su vida. No tenemos ni idea de lo que le ha pasado ese día, en qué momento de su vida está, qué noticia le han dado hoy o la que está esperando que le den. Podemos cambiarle el día a otra persona para bien o para mal. Vosotras decidís. Yo decido decir «Buenos días, ¿me pones un café con leche de avena? ¡Qué bonitas tus uñas!» o «¿Puedo pagar con tarjeta? ¡Me encanta tu color de pelo!». «Qué ideal este bolso, ¿me dirías dónde lo has conseguido?», «Hueles superbién, por cierto», «Millones de gracias, eres un sol. Que tengas un buen día», «Eres supersimpática, mil gracias de verdad» y «Estás con el guapo subido». Seamos kind. Seamos amigas. Seamos majísimas. Seamos empáticas. Porque todas tenemos días de mierda. Todas podemos estar en nuestro primer día de regla. A todas nos ha podido dejar nuestra pareja esa misma tarde. A todas nos ha podido ir mal una cita la noche anterior. A todas nos han dejado en leído. A todas nos ha pasado lo de probarnos un pantalón y vernos mal y no tener look para el cumple de tu amiga un viernes. A todas nos ha pasado que nuestro jefe nos ha ninguneado. A todas se nos ha roto la taza nada más empezar el día y hemos tenido una jornada de lo más gafe. A todas nos ha pasado lo de perder el tren o el autobús o no encontrar plaza de aparcamiento. Todas nos hemos dejado algo cuando ya era demasiado tarde para irlo a buscar. Todas hemos salido de casa sin paraguas y se ha puesto a llover. A todas nos ha venido un gasto imprevisto que nos ha hecho cuestionarnos por qué y en qué momento decidimos comprar ese puto cesto que no usaremos jamás. Todas hemos perdido algo. Todas hemos llegado tarde. Todas hemos recibido un e-mail pidiéndonos algo que no hemos terminado. Y a todas nos ha pasado que, simplemente, tenemos un mal día. Así que sí, dadle bola y soltadle algún cumplido a la chica que trabaja en la cafetería a la que vais a menudo. Sonreíd a la portera del edificio de al lado que está siempre fumándose un cigarrillo en su descanso.

Felicitad el trabajo de una dependienta que ha sido supermaja y que os ha ayudado con todo y también a la que simplemente os ha subido la blusa de la talla M del almacén. Si os gusta el vestido de una chica por la calle, decidle que está preciosa y que le sienta genial ese color. Decidle a una compi de oficina que está guapa. Que ese vestido le hace tipazo. Gritad a una amiga «¡Tía buena!» si la veis por la calle. Podéis cambiarle el día a alguien. De verdad.

Suena
«Girlfriend», de Phoenix

7

Hermanas del agua

Estoy con Carla en Menorca. Hemos venido juntas para la boda de unos amigos. Resulta que, como somos las dos solteras del grupo y las demás iban en pareja, planeamos no solo venir juntas, sino aprovechar y pasar unos días en la isla.

Viajar con Carla resulta divertido porque es activa y alocada, con ella puedes hacer cualquier plan, pero a la vez adora los momentos de calma, de silencio y de tranquilidad. Y yo necesito ambos. Esto me hace pensar en lo difícil que será para mí convivir con otra persona. Hace tanto tiempo que estoy acostumbrada a vivir a mi son… Con mis tiempos. Con mis cosas. Yo soy muy ordenada. Tengo tantísimas pertenencias que, si no lo soy, mi casa parecería un mercadillo. Lo primero que hago al llegar de viaje es ponerlo todo en su sitio. Vacío mi enorme neceser en el baño, cuelgo toda la ropa y coloco todo lo que necesito en mi mesita de noche. Carla es justo lo contrario y me voy encontrando bragas en sitios inesperados, tejanos debajo de las sillas y su cepillo de dientes en la ducha. Porque todo el mundo tiene sus defectillos y manías, y Carla es de esas personas que se lava los dientes mientras observa concentrada cómo se empañan los cristales del baño.

Y es que a todos nos gustan las cosas a nuestra manera. Y todos tenemos nuestros gustos y esos buenos y malos hábitos. Dicen que el ser humano se adapta, pero no sé si lo consigue si lleva mucho tiempo en soledad.

Es nuestro último día en la isla y hemos decidido ir a la playa para bañarnos en el mar. Vivir tan cerca del mar Mediterráneo es un lujo que jamás me cansaré de explorar y explotar. Somos afortunados los barceloneses de tener lugares tan increíbles a tan solo un vuelo cortísimo desde nuestra ciudad. Es mi primer baño del año y me sumerjo de cabeza en una ola. Se me baja el bañador y decido quitarme la parte de arriba. Se oyen niños gritando, gaviotas y los sonidos de una playa poco concurrida. Me sumerjo y nado un poco. Bajo el agua, silencio. Y, como buena piscis, estoy en mi elemento.

Floto y pienso.

Anoche, Carla volvía de la boda más borracha que yo y con aliento a alcohol y tabaco. Mi amiga me decía que lo que tengo que hacer cuando tenga una primera cita es ver al tío como una persona y no como un hombre.

—«He quedado con una persona», te tienes que decir —me aconsejaba Carla apoyada en la ventanilla con los ojos cerrados.

—Entiendo…, pero ¿en plan…? —le pregunté mientras miraba al exterior descifrando a qué se refería.

Las ventanas estaban muy abiertas para no marearnos y ambas teníamos el pelo revuelto y muy despeinado. Nos mirábamos y nos entraba la risa, porque nos venía mucho viento de todos lados y sonaba «Gasolina» de Daddy Yankee en la radio del taxi. Poco a poco, Carla dejó de responder. «Ya le preguntaré mañana», me dije. Carla dormía apaciblemente.

Yo no había bebido mucho, porque de repente, a media cena, me dio un ataque de alergia. Una amiga me prestó un antihistamínico que me produjo somnolencia, así que estuve muy tranquila durante toda la fiesta para lo que yo soy. Como en una nube. Así que, como bebí poquísimo, adopté el rol observador. Como Sauron, esta noche era el ojo que todo lo veía.

Sigo flotando en el agua recordando todo lo ocurrido. En la boda estaba Fer con su nueva novia. Nos ignoramos como hacemos siempre y fue la primera vez que estuve bien en su presencia. Creo que el hecho de que no corriera mucho alcohol por mis venas ayudó. También estaban en la boda todos los amigos que conozco desde los catorce años. Y sus amigos. Con ellos genial. La nueva novia de Fer resulta que era amiga de Carla y no se llevaban nada mal. Se llama Nora. Está extremadamente delgada, parecía un pajarillo. Y, aunque tenía los rizos y el pelo de Carrie Bradshaw, había algo en ella que no pillaba. Las veía hablando y yo me iba para otro lado.

Os voy a contar una historia que os hará gracia. Más que nada para que veáis que este tipo de cosas solo me pasan a mí. Hará un par de años, un amigo danés, que es tatuador, estaba haciendo un trabajo a domicilio. El caso es que se estaba quedando en mi casa, así que le di permiso para cerrar cita solamente con tres personas. Yo era la que abría la puerta y daba la bienvenida. La última cita llegó tarde y debían de ser las siete de la tarde pasadas. Sonó el timbre y fui a abrir. Ahí había dos chicas, y una era Nora. Nos entró la risa y nos abrazamos. Nos hizo gracia porque yo la conocía como amiga de Carla, y las invité a pasar emocionada.

—¿Qué te quieres hacer? —le pregunté mientras nos sentábamos en el sofá.

—No, tía, la acompaño a ella. —Señaló a su amiga—. Qué fuerte que sea en tu casa. Es que cuando he visto la foto he pensado que me sonaba mucho. Qué fuerte. Qué guay. —Miró a su alrededor—. Me encanta, tía.

Su amiga, un poco más callada, se sentó con mi amigo y empezaron a hablar de lo que quería. Le contó que tenía ya algún tatuaje, pero que le encantaba uno que le enseñó en el móvil. Yo miré a Nora y le pregunté si quería una copita de vino mientras esperaba. Sonrió y asintió con la cabeza.

—Hombre, pues ya que sois las últimas y os conozco, abro un vinito —le dije mientras me sentaba en el suelo a su lado.

—¿Y este chico? —me preguntó señalando con la cabeza a mi amigo.

—No te preocupes, no entiende el castellano —le comenté mientras le servía una copa—. Nada, somos amigos. Es un poco raro y tiene muchos issues. Siempre me salen rana —le conté mirando a Rasmus (así se llamaba el danés) mientras le daba un sorbo a la copa de vino que me había servido.

Empezamos a hablar de relaciones tóxicas y le conté todo lo de Fer. Ella me confesó que su ex también era muy tóxico y que incluso tuvieron movidas legales. Compartimos nuestra opinión sobre tíos, relaciones y demás. Reímos, fumamos y nos terminamos la botella de vino.

Cinco meses después, empezó a salir con Fer. Ahora la veo en fiestas y bodas con él y nos ignoramos. Solo puedo pensar en cómo malgasté esa botella de vino.

Me hundo en el mar templado de Menorca y suelto un grito de rabia y burbujas.

Carla se acerca nadando y me sonríe.

—¿Todo bien? Yo casi me ahogo —me dice entre risas.

—Sí, mira qué bonito se ve todo.

—Ya ves.

—Oye, explícame qué me decías ayer sobre quedar con personas.

—Ah, pues que es mejor pensar así, porque rompes con todos los prejuicios. También te vuelves más tú y eres más real. Pensar en modo cita te condiciona, porque quieres gustar, seducir y estás tan pendiente de cómo te sientas en la silla y de cómo puedes parecer más atractiva que se te pasan cosas como, por ejemplo, que es un gilipollas. Tú imagina que estás quedando con una persona que viene a visitar Barcelona y tus padres te han pedido que la saques a ver algo o a hacer algún plan y que en unos días se va. Te bajarán las expectativas. Es mucho mejor. Y dejarás que la otra persona vea tu esencia y tu verdadero yo.

Y, como un pequeño Buda flotante, Carla me deja sin palabras. Y es que, a veces y con la mente despejada, es la más sabia de todas mis amigas.

Carla es escorpio y el agua también es su elemento. Y, como hermanas del agua, las dos nos dejamos flotar en silencio un rato.

Ambas lo necesitamos.

Suena

«q bonito», de Rusowsky

8

Esperemos que no salga corriendo

Hacía pocas semanas que habíamos hecho match y me dijo que prefería quedar cuanto antes y que no era muy de chatear. Yo, que sí soy de chatear, le contesté que me parecía bien y me confesé a mí misma que quizá me vendría bien cambiar la estrategia y conocerlos en persona antes de abrirme en canal por mensajes y así dejar de vivir bajo la ansiedad del «leído» y el «escribiendo...».

Yo
A las siete te viene bien?
El Bar Mut es muy agradable

Alek

Genial. Nunca he estado allí y siempre he querido conocerlo

Yo

Hecho

Hasta luego

Alek

Hasta luego

Alek es extranjero y vive en Barcelona desde hace un par de años. Le cuento a mi padre que voy a quedar con un chico que he conocido por una app con el que no tengo a nadie en común y me pide que quedemos en un restaurante público, en horario diurno y que ni se me ocurra llevarlo a mi casa. Como buena hija mayor responsable, obedezco.

Siempre aviso a mis padres si me voy de cita para quedarme un poco más tranquila de que al menos ellos saben dónde estoy. Se oyen historias muy raras y perturbadoras, y yo que me paso el día viendo series de true crime me pongo paranoica. Siempre suelo tener al menos una persona en común con el chico, pero es verdad que, en este caso, no sé por qué, me fío.

Llego puntual y me pido una copa de cava. No estoy nerviosa. Pasan los minutos y no llega. Pasan quince minutos y sigo esperando. Miro el teléfono y veo un mensaje.

Alek
Llego tarde. Estoy ahí en diez minutos

Yo
It's OK. Yo ya estoy aquí

Soy de las creen que llegar muy tarde a una primera cita es de mala educación, pero también entiendo que uno puede tener un imprevisto y yo soy la primera que podría llegar veinte minutos tarde porque no encuentro el outfit perfecto. Tiene gracia su mensaje porque Alek básicamente se dedica al running. Su Instagram son solo vídeos de él corriendo maratones o corriendo solo o con amigos por Barcelona. Yo que no soy nada deportista pienso en si tendremos algo en común y solo espero que hablemos de todo menos de running.

Pasan quince minutos más y llega por fin. Es exactamente igual que en las fotos. Sonriente, me da dos besos y un abrazo, se sienta y pide un agua con gas. Chapurrea español, así que decidimos hablar en inglés.

—Me pediría un vino, pero estoy corriendo media maratón cada día —me explica.

«Genial —pienso—. Primera frase y ya ha sacado el tema del running». Bebo un trago de mi copa.

—No me digas. ¿Y eso?

—Es un reto que me he propuesto y estoy intentando portarme bien. Pero se me hace bola y es un puto palo si te soy honesto —me cuenta.

—Bueno, está bien ponerse retos así.

—¿Qué tal estás tú? Cuéntame algo que no sepa sobre ti.

—Hay muchas cosas que no sabes sobre mí.

—He sacado bastante intel por Instagram.

—Ya…, lo odio.

—¿Odias Instagram?

—No. Odio que alguien pueda «conocerme» antes de conocerme.

—Por eso quiero que me cuentes cosas que no pueda ver en tu Instagram.

—Como qué, a ver…

—Pues, no sé, por ejemplo, ¿eres de citas? ¿Has salido de una relación hace poco? ¿Hace tiempo que usas apps?

Alek empieza fuerte y me gusta, aunque me cuesta responder.

—*Yes and no*.

—*Yes and no*? Eso no es una respuesta válida. —Ríe—. Imagina que te preguntan si quieres algo o si te gusta tu plato. *Yes and no* no sirve. *Yes or no*.

—Ya, tienes razón. —Me río—. Haces muchas preguntas.

—¿Y eso es malo?

—No. Pero tengo que pensar —le digo mientras el camarero nos trae una carta—. No soy muy de citas. De hecho, me cuesta y no me acaba de gustar. Hace bastante que no estoy en una relación y, sí, uso aplicaciones, pero, como con las citas…, no sé si me acaban de gustar. ¿Tú?

—Eso sí que es una respuesta. ¿Acabó mal tu última relación?

—¿Tan evidente es? —Me río incómoda.

—Eres muy expresiva.

—Supongo… Sí, bueno… Mmm, era todo muy tóxico y se alargó innecesariamente.

—Lo siento, eso siempre es una mierda.

—¿Tienes hambre? —Decido cambiar de tema.

—Muchísima. Esta será mi quinta comida del día. He cenado algo antes de venir.

—Pero si son las siete y media de la tarde. Eres muy guiri, ¿eh?

—*Yes and no.* —Ríe mientras me guiña un ojo.

Alek transmite buen rollo. Está sentado de una manera que genera confianza y comodidad. Está a gusto, cero cortado, seguro y directo. Es un par de años más joven que yo y no lo diríais jamás. Es alto como un pino, con bigote y viste una camiseta negra y un pantalón cargo oscuro. Lleva las Adidas Samba que están de moda y se asoman pequeños tatuajes por sus brazos y tobillos. Me gusta.

—¿Quieres cenar dentro? Más íntimo —me pregunta.

—Claro.

Nos levantamos y pregunto al camarero si nos podemos poner en la mesa de la esquina. Nos dice que sí y nos acompaña. El Bar Mut es pequeñito y muy acogedor. Platillos ricos y buenos vinos.

—¿Qué te apetece cenar si ya has cenado? —le pregunto mientras repaso la carta sin leerla bien—. Yo no tengo hambre.

Se pide un bocata de calamares sin remordimientos. Hablamos de la vida, de proyectos y de cosas que nos gustan en los demás. Alek dice que es de improvisar, que no soporta las Converse y que lo próximo que quiere hacer es correr hasta París. Le cuento un poco sobre mi mundo, que he vivido en varias zonas de la ciudad, que adoro viajar y que a veces la cago con los hombres porque no sé flirtear. Le digo también que odio el ghosting y que me he topado con tíos muy maleducados. Él me cuenta que hace tiempo que no tiene pareja y que nadie parece encajarle de verdad. Que él fluye mucho y que quiere a alguien que también tenga una vida por su cuenta.

En la mesa de al lado, una pareja muy mayor nos mira mucho. Son extranjeros y se deben de pensar que nosotros también lo somos. Alek les sonríe y el señor se toma su sonrisa como una invitación para hablarle.

—Sois de fuera, ¿no? Os hemos escuchado hablando inglés. ¿De dónde sois? Nosotros venimos desde Canadá. Nuestra hija vive aquí —nos explica orgulloso.

Su mujer me sonríe callada. Son muy mayores, ancianos. De piel pálida y venas lilas. Las manos de ella parece que se van a romper. Me mira los tatuajes y me sonríe. Seguro que le parecen horribles.

—Tienes una novia muy guapa. Hacéis muy buena pareja —le dice el señor.

Alek sonríe y asiente.

—¿A que sí? Soy afortunado. Ella sí que es de aquí. —Me guiña el ojo mientras me presenta a su nuevo amigo.

Asiento con la cabeza. Hablamos un rato más con ellos mientras nos hacemos muecas, intercambiamos recomendaciones y pedimos la cuenta. Le pregunto si le apetece tomar un cóctel sin alcohol en el bar de al lado. Me dice que sí. Mientras esperamos a que nos den mesa, nos cogemos de la mano cariñosamente y ahí confirmo que la cita ha ido bien. Alek me acompaña a casa y caminamos sin ganas de separarnos aún. Paramos un segundo para hablar y me besa. Me coge la cara, me mira y me sigue besando. Me siento diminuta. Jamás me he liado con un tío que me saca dos cabezas. Pone su brazo por encima de mi hombro y caminamos abrazados hasta que nos despedimos y cruzamos en direcciones opuestas.

Ambos nos giramos y me saluda en la distancia con un gesto y le mando un beso volador. En ese momento pienso en lo triste que hubiese sido que uno de los dos no se hubiera girado. Decido caminar a casa para airearme y llego feliz. Antes de dormir, abro Instagram y veo que me ha escrito:

Alek

Me gustas

Y no te preocupes, no te haré ghosting

Solo espero que no salga corriendo.

Suena

«U», de Slowed

9

Incómodos los cuatro

Me pido una copa de cava y espero mientras me enciendo un cigarro. Todas tenemos a esa amiga que siempre llega tarde. En mi caso, es Sofía.

Sofía
Mi madre me ha pedido una cosa y he tardado en salir. Ya voy, intento aparcar cerca, perdóname…

Yo
Tranquiii

Sofía

En qué bar estás?

Yo

No había sitio en el de siempre, me he
sentado en uno random
Te mando ubicación

Sofía

OK! Me sabe mal!
Ya llego! Perdóóón

Treinta minutos después.

Yo

Tía, llevo cuarenta minutos esperando sola

Espero sentada en una terracita vacía. Me río
sola mientras bebo un trago de mi segunda copa
de cava. Hay cosas que solo me pasan a mí, joder.
Llegar a esta mesa ha sido una pequeña odisea.

Estaba caminando en busca de una mesa en
nuestro bar favorito de mi zona menos favorita,
donde vive Fer. Siempre pienso que me lo voy a
cruzar... Como es habitual, en el bar no había

mesa. A lo lejos, en otro de los bares que frecuentamos, vi una libre. Me acerqué mientras escuchaba música y caminaba rápido para que no me la quitasen. Iba con plataformas y bastante arreglada para un miércoles por la tarde en Barcelona. La gente en las terrazas me miraba. Me había hecho un smokey eyes porque quería probar unas sombras nuevas y me sentía guapa. Llevaba uno de mis jerséis favoritos y sabía que parecía de la familia Malfoy, pero me daba igual.

En la mesa de al lado de la que tenía fichada, había un grupo de tres tíos con un perro monísimo. No distinguía bien sus caras, pero, a medida que me acercaba, vi que uno era mi amigo Pau, el prometido de una amiga. Fui a saludar. De espaldas estaba otro amigo mío, Bernie, el ex de mi amiga Lola y uno de mis mejores amigos. No distinguía bien quién era el chico que estaba enfrente, porque Bernie es alto y grandullón y lo tapaba. De repente, me entró un escalofrío y, cuando me quedaban tres pasos, se asomó una gorra y le vi la cara a Fer. Nuestras miradas se cruzaron y mi sonrisa se congeló. No conseguí relajar mi expresión y sonreí como una idiota. Me miró extrañado mientras yo estaba cada vez más cerca.

No había escapatoria.

—Hey, ¿qué hacéis aquí?

Pau me sonrió y se levantó para darme dos besos. Bernie también, pero un poco más tenso, y me abrazó fuerte. Fer se quedó medio sentado, medio de pie. Ninguno de los dos sabíamos muy bien qué hacer. Mi primer instinto fue ignorarlo, pero estaba en modo automático y me acerqué a su lado y nos saludamos con dos besos.

—¿De quién es esta cosita? —Me agaché intentando hacerme lo más pequeña que podía ante esta terrorífica situación y acaricié al perro—. Hola, guapo, qué mono eres.

Era incapaz de mirar a la mesa y prefería mantener mi mirada clavada en el animal. Nadie me contestaba a la pregunta y enseguida me acordé de que la nueva novia de Fer tenía un perro y de que debía de ser este. De reojo vi que los tres se miraban incómodos. Pensé en que gracias a Dios iba bastante guapa. La música siguió sonando a todo volumen en mis AirPods y no oía nada. Sonaba «Fuck You», de Lily Allen. Irónico. Me quité un auricular.

—¿Qué tal? ¿Dónde vas? —me preguntó Bernie, ya sentado de nuevo.

—Estaba buscando mesa en alguna terraza, pero está todo petado…

Pau miró la mesa vacía de al lado, però reculó rápido y bebió un sorbo de su cerveza.

—Nada. ¡Seguiré buscando más abajo! —dije mientras me volvía a poner el auricular—. ¡Bueno, me alegro de veros! —grité mientras me alejaba de ellos.

Me giré y aceleré el ritmo. El corazón me iba a mil. Se me nubló la vista y me cayó una sola lágrima. Me la limpié con la manga de mi jersey y lo llené de maquillaje. A la mierda mis smokey eyes. Creí que estaba más curada (no me había sentado tan mal verlo en Menorca), pero me di cuenta de que aún dolía.

Sofía seguía sin llegar.

Suena

«i walk this earth all by myself», de EKKSTACY

10

¿Es una indirecta para mí?

Es mi tercera cita con Alek y esta vez lo he invitado a casa. Llega una hora tarde, pero al menos se ha encargado de traer la cena. Mi alarma de red flags debería haber saltado, ya que es la tercera vez que el mismo tío llega muy tarde a una de nuestras citas (en la segunda entramos en la sala del cine cuando la peli ya había empezado...).

Razones por las que un hombre llega tarde a una cita:

a) Un imprevisto (puede pasarle a cualquiera).

b) Valora más su tiempo que el tuyo y es un maleducado.

c) Es un desastre absoluto.

d) No busca algo serio y queda por quedar y para divertirse.

e) No eres su prioridad.

La a) queda totalmente descartada, ya que lo de los imprevistos puede pasar una vez. La c) también descartada, porque no puedes ser un desastre si te propones correr media maratón cada día y te organizas perfectamente para ello. Él sale a correr, controla las calorías, la hidratación y los kilómetros que hace. Además, tiene su propia empresa y lleva también todas las demás cosas que veo que dice que hace en un día.

Estoy entre la d) y la e).

Abro la puerta y Alek lleva dos pizzas calientes. Entramos en casa y vamos a la cocina. Tengo hambre. Deja las cajas en la encimera y me besa.

—Lo siento, había muchísima cola en la pizzería. Al menos están calientes —me dice mientras se sienta en la mesa.

Cojo las tijeras y llevo las pizzas a la mesa.

—¿Quieres una cerveza? Tengo sin alcohol —le pregunto.

Alek sigue con su reto y no está bebiendo alcohol. Le quedan cinco días solamente. Tengo ganas de que termine sus maratones diarias para quedar con él e ir a hacer algo divertido.

—No, gracias. Tengo mi agua con gas.

—Te queda nada ya, ¿no?

—Cinco días y soy libre. No puedo más. Se me está haciendo muy duro el último tramo.

—Bueno, ya verás qué bien te sientes después. Te he comprado una galleta de chocolate de postre.

—Oh, muchas gracias. Buah, son de mi tienda favorita.

—Qué bien. Como traías las pizzas, me he encargado del postre.

—Muchas gracias. Me encanta la comida. Como siete veces al día —me dice mientras corta un trozo de pizza—. ¿Sabes que mi próximo reto es ir corriendo hasta París?

—Sí, ya lo sabía. Estás loco.

—Tú puedes esperarme de compras en París.

—Eso haré. —Sonrío y pego un bocado de mi pizza con peperoni.

Después de cenar, pasamos al sofá y jugamos con nuestras manos mientras hablamos de la vida. Alek es de esas personas que no se toma las cosas muy en serio y siempre responde con humor o sarcasmo. Nos besamos y nos entra un calentón. Me besa cada vez más apasionadamente y me pregunta si quiero ir a mi dormitorio. Paro de besarlo.

—Preferiría esperar un poco si no te importa. —Sonrío con una mueca y dudo de su reacción.

—Claro, no pasa nada. —Me sonríe.

Seguimos hablando un rato, pero siento que he cortado un poco el rollo. Jugueteo con sus manos y desconecto de lo que me está explicando. Suelo dejarme llevar en cuanto al sexo, pero estoy contenta con mi decisión. Pienso que tampoco lo conozco tanto y me viene a la cabeza una cosa que leí el otro día. El artículo decía que los hombres, cuando eyaculan, vacían toda su energía, sea buena o mala, dentro de la mujer y que, aunque nuestra energía sexual es mucho más poderosa que la de un hombre, las mujeres somos como un recipiente y has de pensar bien qué energía quieres aceptar dentro de ti.

Decía que al entregarte de esta manera a un hombre al que apenas conoces, que no has evaluado y con el que no has creado aún un vínculo o una conexión genuina, puedes acabar sintiéndote usada, agotada, triste y vacía. Cuando deberías sentirte liberada, adorada y poderosa. Porque el orgasmo es la energía más poderosa del mundo y el sexo debe ser algo compartido, un intercambio de energías apasionado y una relación consciente y satisfactoria para ambos. No debemos permitir simplemente que los hombres se alivien con nuestros cuerpos.

—No tardaré en irme —me dice.

—Vale. Estoy cansada, es tarde —le respondo.

Pocos minutos después, lo acompaño a la puerta, me besa y se va.

Yo
Estás seguro de que
no te importa esperar?

Alek
Haha, claro que no
No hay ninguna prisa

Yo

Me gustas y claro que quiero, pero…,

simplemente prefiero esperar un poco…

Alek

Lo siento si te he hecho sentir

incómoda diciéndote lo de ir a tu

habitación…

Yo

No! Si querer, quería…

Gracias! <3

Alek

Vale, entonces no nos estresemos

Yo

Disfruta de tu galleta

Alek

Será mi aperitivo antes del desayuno,

haha

Pasan unos días y siento que la intensidad de
la conversación disminuye…

Yo
Ánimo en tus últimos días del reto!
Ya queda nada!

Like a mis mensajes.

Yo
Deberíamos celebrarlo cuando
termines <3

Like a mi mensaje.

Yo
Mucha suerte hoy! Besito!

Alek
Graciasss

Al día siguiente Alek comparte un vídeo en su Instagram de un humorista que habla de lo incómodo que es cuando en una cita tienes que aguantar toda una cena, aunque ya sabes que la chica no te gusta.

Yo

Es una indirecta?

Alek

Claro que no

Decido dejar de hablarle. Estoy rayada.

Suena

«Dress Up For You», de The Technicolors

11

Recuerdo llorar muchísimo

—¿Laura?, ¿puedes hablar?

—Claro, baby, ¿estás bien? Espera.

Mi respiración se ha calmado y abro una cerveza sin alcohol un poco separada del teléfono por vergüenza a que Laura oiga que al segundo de llamarla estoy bebiendo. Sí, ahora me gusta la cerveza. Hace un año esto hubiera sido una copa de vino. *Could be worse.*

—*What's up?* ¿Estás bien?

—Creo que estoy teniendo un ataque de ansiedad. No puedo parar de pensar en escenarios imaginarios. No puedo volver a pasar por estas mierdas. No pueden volver a estar haciéndome esto. Puto Alek, va a desaparecer. Lo siento. Lo sé. *I can feel it.*

—Vale. A ver. Pero ¿ha pasado algo? ¿Has hablado con él?

—Lleva dos horas sin contestar y ha leído mi mensaje. Ya he asumido que es un capullo.

—Amor…

—No, tía, estoy harta. Lleva días dejándome en visto durante horas. No me dice nada de volver a quedar. Ya no me pregunta nada. Y casualmente todo justo después de haberle dicho que no quería acostarme con él y que prefería esperar e ir poco a poco.

—¿La última vez que lo vistes fue el otro día en tu casa?

—Sí…, y es que lo presiento. Una sabe cuándo alguien pierde interés. Yo tengo un fucking máster.

—Ya…, a ver. Un segundo. Vayamos paso a paso. Primero tienes que respirar hondo y tranquilizarte. Estás hablando desde el miedo. Empezaremos por ahí…

—OK…

—Deja el móvil en la mesa y ponme en altavoz.

—OK… —Hago lo que me dice.

Dejo también la cerveza encima de la mesa y me enciendo un cigarro.

—Cierra los ojos y ponte cómoda. Siéntate en el suelo si hace falta.

—OK…

Estoy sentada con las piernas cruzadas en el sofá con la ventana abierta y un piti en la boca. Decido apagar el cigarro y hacerlo bien.

—Respira hondo varias veces. Poco a poco. Céntrate en la respiración.

—Vale.

Siempre me han costado estos ejercicios y nunca logro desconectar del todo. No puedo dejar de pensar en cómo la he cagado y las pocas luces que tengo cuando soy impulsiva de esta manera.

—¿Qué te preocupa? ¿Cuál es tu miedo? *What's the worse that can happen?*

—Es que no lo sé… Lo he visto tres veces en mi vida. Pero es la frustración. El no verlo venir. El abrirme y ser yo y que no se queden… No me dan la oportunidad de conocerme mejor.

—Tienes miedo al abandono…

—Sí…

—Tienes miedo al rechazo, a quedarte sola. Es un miedo que reflejas en este tío, pero hay que intentar ver dónde empieza… ¿Recuerdas la primera vez que sentiste esta sensación? ¿Este rechazo o abandono que no veías venir?

—Sí.

—¿Cuándo?

—Hace años. En casa de Fer.

—¿Sí? ¿Dónde estabas?

—En el salón de casa de su madre.

—¿Y qué pasaba?

—Fer me decía que me fuera. Que venía su novia. Yo me acababa de declarar, porque habíamos pasado la noche juntos…

Sí, vuelvo de nuevo a ese episodio. Es recurrente.

—¿Qué te dijo?

—Que no quería volver conmigo. Que tenía novia y yo no lo sabía. Me dijo siempre que era algo sin importancia. Que yo era la mujer de su vida. Me engañó. Recuerdo que me fui llorando y al salir por el portal me soltó que me quería por el interfono… Recuerdo llorar muchísimo y caminar sola durante horas sin rumbo por la Diagonal.

—¿Te acuerdas de cómo era el salón?

—Sí…, bueno, no mucho. Muebles oscuros… Una mesa enorme llena de libros… La terraza con plantas…

—Quiero que intentes transportarte ahí y decirle a la Gina de ese momento que estás bien. Y que va a estar bien. Que no se preocupe y que no lo pase mal.

Tengo los ojos cerrados y no puedo parar de llorar. Jamás me había metido en este momento tan de pleno. Esa noche la recuerdo con un dolor asfixiante que no deseo volver a sentir. Ese día supe que todo lo que yo no quería creer era verdad. Todas mis sospechas se confirmaron, Fer ya no era mío. Lo había perdido para siempre. Ese mismo día empezó de verdad nuestra tóxica historia. Ese mismo día, sin saberlo, iniciamos una relación enfermiza, obsesiva y dolorosa que, años después, sigue marcándome y doliéndome, incluso cuando un tío que he visto tres veces en mi vida me contesta cuatro horas tarde un mensaje. Porque eso es lo que hacen los traumas. Esto es a lo que nos referimos cuando decimos que alguien te ha hecho daño… Fer ese día rompió mi corazoncito en millones de pedazos.

Esto venía de atrás, solo que no quise darme cuenta. Habíamos pasado muchas noches juntos después de que perdiera a su padre. Pero no nos acostábamos. Creo que ni nos besábamos. Yo le hacía compañía y lo cuidaba porque estaba de bajón. Un día, de repente, me habló de una chica y recuerdo que lloré, porque cuando lo dejamos prometimos que solo nos contaríamos si había otra persona si era alguien importante.

—¿Estás bien? —le pregunté.

—Sí, mejor.

Fer no expresaba mucho sus sentimientos cuando se trataba de algo profundo. Su padre había fallecido hacía unas semanas y me dijo de quedar para comer y sentí la necesidad de ir para ver cómo estaba. Me miraba cariñosamente con esos ojitos que parpadeaban más y más cuando se ponía nervioso o mentía.

—Sabes que estoy aquí para lo que necesites, ¿verdad? —le dije mientras le hacía una seña al camarero para que me trajese la carta.

—No sé qué haría sin ti —me dijo mientras me cogía la mano y me sonreía.

Esa sonrisa la conocía bien y me tenía siempre loca, porque durante meses, qué digo, durante años, anhelaba que algún día fuera para mí. Y ahí estábamos yo y Fer, después de tanto vivido, compartido y perdido, quién lo diría… Llevábamos poco más de un año sin estar juntos desde que lo dejé y, como si no hubiera pasado nada, ahí estábamos sentados en la terraza de un bar, de la mano, ensimismados.

Se acercó el camarero y apartó la mano de golpe. Como si nos hubieran pillado.

—Pide tú, no sé qué quiero. —Me acercó la carta y se encendió un cigarro.

—Y qué tal estás. Cuéntame algo —le pregunté mientras buscaba en la lista algo que llevase patatas.

—Bien…, tengo que contarte algo… —Mi corazón se encogió y con una mueca seguí mirando la carta.

—Uy, cuenta. —Escondí media cara detrás de la carta como si sirviera de escudo contra la mala noticia que sabía que me iba a dar.

—Estoy conociendo a alguien.

Solté la carta y cayó sobre la mesa. Miré nerviosa a mi alrededor y bebí un largo sorbo de mi vaso de agua. Me puse las gafas de sol y se me empezó a nublar la vista por la cantidad de lágrimas que se me estaban acumulando. Llevaba unas gafas de esas que dejaban entrever los ojos y Fer me miró preocupado.

—¿Estás bien? No llores, por favor. —Me volvió a coger la mano.

—Claro que lloro, Fer. Hace un año que te dejé y prometimos solo decirnos esto si alguien era… importante…

—Me dejaste hace más de un año… Para mí es mucho tiempo…

—¿Tiempo? ¿Después de todo? ¿Después de tanto? Un año no es nada. No entiendo cómo tienes ganas…

Usé la servilleta como clínex para limpiarme las lágrimas y los mocos. Estaba enfadada.

—Nos estamos conociendo, necesitaba dejar de pensar en ti, pero no es nada serio y sé que la mujer de mi vida eres tú y que acabaremos juntos. Lo sé.

Me miró sonriendo pero con ojos tristes. Esta cara también la conocía y era una mentira piadosa que me decía con el mayor tacto posible para no herirme…

—No digas eso.

—Lo digo porque es verdad. Acabaremos juntos. Eres la mujer de mi vida y solo me imagino el futuro contigo. Con nadie más.

Le sonreí entre lágrimas con una inmensa duda de este futuro que él parecía ver tan claro. El camarero se acercó lápiz y libreta en mano. Fer pidió comida y yo me quedé embobada dibujando con el cuchillo rayas en la servilleta de papel llena de mis lágrimas.

Después de recordar todo lo que he pasado con Fer, intento hacer caso a mi amiga Laura, que espera tranquila al otro lado del teléfono. Quiero decirle a la Gina de ese momento que estoy bien, que voy a estar bien, que no se preocupe y que no lo pase mal. Pero no puedo engañarme. Estoy hecha polvo. Creo que voy a despedirme y colgar.

Suena
«Liability», de Lorde

Otoño

1

La correlación entre decirle a tus amigas que has conocido a alguien y el ghosting

Una de las cosas que más rabia me dan en este mundo es que alguien me haga ghosting. Me voy a dormir, una vez más, sin entender nada. No entiendo las mixed signals que mandan los hombres ni qué quieren en esta vida, la verdad. Pero me consuela saber que no estoy sola porque TikTok se encarga de recordarme cada día que nos encontramos todas igual. Desde Canadá hasta Galicia, los hombres de 2024 no saben qué cojones quieren.

Tantos intentos y esfuerzos frustrados, tantos mensajes en leído, tantas horas perdidas esperando un DM, tantas stories malgastadas sin reacción, stickers desperdiciados en personas que ya no valoran ni mi sentido del humor… Estoy harta. ¿Cómo puede ser que todo se quede en un talking stage, que nunca avancemos hasta la segunda casilla, que jamás lleguemos a conocer a los amigos del otro, a intimar y a empezar algo de verdad? ¿Dónde está el romanticismo? ¿Dónde está el amor? ¿Qué está pasando?

A todas mis amigas que dicen que disfrute de mi soltería, solo a ellas, las animo a pasar un año en este mar de hombres inseguros, insatisfechos, inmaduros y confundidos. Ya veréis qué divertido. Y es que no hay cosa más frustrante que el dating en 2024.

Estamos en un punto en el que creo que los tíos ya deberían irse de la cita y decirme directamente: «Oye, ha sido un placer conocerte, tengo muchas ganas de hacerte ghosting la semana que viene y luego ser el primero en mirar todas tus historias, pero no darte like jamás hasta que decidas dejar de seguirme».

No entiendo por qué uno empieza a hablar mucho con alguien y luego, de un día para otro, para.

Dicen por ahí que si la conversación disminuye con una persona con la que hablabas a menudo es porque tienen a alguien que no eres tú con quien hablan más. Regla de tres, de toda la vida.

Dicen por ahí que, si les cuentas a tus amigas que has conocido a alguien, te va a acabar haciendo ghosting.

Dicen por ahí que, si un chico no te dice de quedar, no está interesado.

Dicen por ahí que, si no se compromete y te dice verbalmente que le gustas, es todo mentira. Que dan igual los likes, las llamadas y las fotos que te mande. Porque, si a un tío le molas, no estarás confundida, lo sabrás.

Dicen por ahí que muchos hacen lo de prometer, prometer y prometer hasta meter y una vez metido se acabó lo prometido.

Dicen por ahí que las amigas que usan frases como «cuando menos te lo esperes, aparecerá» son lo peor.

Dicen por ahí que WhatsApp debería inventar una función que te haga una pregunta de seguridad a partir de cierta hora para evitar mensajes no deseados o de los que te arrepentirás a la mañana siguiente.

Dicen por ahí que, cuanto más te pienses un mensaje, peor..., y que tu primera impresión es siempre la buena.

Y dicen por ahí que jamás preguntes cosas importantes en grupo porque seguro que condicionarán tu decisión al noventa por ciento. Y la única decisión que importa es la tuya.

A lo largo de la historia de la humanidad, los patrones de emparejamiento han reflejado los valores de cada época. En las primeras sociedades humanas se organizaban en pequeñas tribus nómadas y este se basaba principalmente en la supervivencia y en la procreación. No existía el amor romántico como lo conocemos hoy. Más adelante, en el antiguo Egipto y en la antigua Grecia, surgieron estructuras sociales más complejas y aparecieron ceremonias como el matrimonio. El emparejarse en esa época era una cuestión económica y familiar y, aunque evidentemente existía la atracción, el deseo y el amor, no eran factores que determinasen una unión.

En la Edad Media, la Iglesia católica tuvo una influencia evidente en las relaciones y el matrimonio y entraron también temas políticos. Después, con el Renacimiento, vino el humanismo y con él se empezaron a valorar más los sentimientos personales, aunque el emparejarse se seguía viendo como un negocio, una estrategia o vía de salvación económica para una familia. Como en todas estas películas de época en las que la madre de la chica se pasa medio metraje obsesionada con que su primogénita encuentre a un marido adinerado y de buena familia y así salir de esa deuda impagable. Matrimonios de conveniencia, de toda la vida. Como en *Titanic*. ¿Y de quién se enamora Rose? De Jack, un chaval que viaja en tercera clase.

Y ahora, en el siglo XXI, surgen la fucking digitalización, la libertad individual y la búsqueda de la realización personal, que se han convertido en aspectos centrales de cómo nos relacionamos románticamente. Con las redes sociales, las expectativas personales y de la sociedad aumentan cada día, y ya no solo buscamos una pareja que nos guste físicamente o con quien conectemos, sino que también deseamos compartir intereses, aficiones, valores, pasiones y objetivos. Y tenemos que ser compatibles emocional y profesionalmente. Y también han de serlo nuestros horóscopos.

Y así surge el término dating, esa búsqueda frustrante de tu media naranja. Porque para nosotras es más difícil por la inseguridad masculina. Porque los hombres, que ahora viven enfrentados a expectativas de igualdad y competencia profesional, se sienten amenazados. Existe una presión real para cumplir con unos estándares concretos en términos de éxito, apariencia y comportamiento, y eso les genera una falta de confianza en sí mismos. Y esta inseguridad se manifiesta en comportamientos evasivos, dinámicas tóxicas, falta total de compromiso y dificultades para formar relaciones estables. Básicamente, ahora sienten lo que hemos sentido nosotras desde hace siglos y, como es algo bastante nuevo para ellos, no saben gestionarlo ni lo llevan muy bien.

Aun así, la sociedad sigue cargada de expectativas tradicionales y, aunque muchas buscamos relaciones igualitarias, los hombres no están preparados para esta igualdad y no saben lidiar con el sentimiento de sentirse inferiores.

A Jack no le importa que Rose sea de buena familia y no se siente amenazado. La tiene en un pedestal como a una diosa y la adora. Y ella, aunque sabe que su familia está arruinada si no se casa con Cal, es infeliz porque nadie la quiere de verdad y siente que no pertenece a ese mundo.

Rose es joven y no ha sabido nunca lo que es el amor libre y pasional, como muchas mujeres de esa época. Y eso es lo que representa Jack para ella. Jack es libertad, diversión, inocencia, rebeldía…, es amor. Y una de las razones por las que *Titanic* nos impacta tanto es que la tragedia y el hundimiento destruye sus sueños románticos, inmaduros, optimistas e ingenuos de cómo podrían haber sido sus vidas juntos.

No sé cómo explicarlo, pero pienso que el hundimiento del Titanic es el mejor ejemplo para representar cómo funcionamos socialmente desde hace siglos, porque, por muy avanzados que estemos en muchos aspectos importantes, hay muchas cosas que no han cambiado tanto. En la película lo muestran muy claro y se encargan de resaltar que todos en el barco, al fin y al cabo, son iguales. Durante muchas de sus secuencias, se representa el sistema de clases que existía en esa época. Donde lo vemos por primera vez muy claramente es en la exquisita, incómoda y silenciosa cena en primera clase que contrasta poco después con la escena de todos bailando y bebiendo en tercera clase. En *Titanic* muestran esta división y esta barrera de clases. Hay incluso una escena donde esta barrera es literal, esa en la que no dejan pasar a los de tercera y tienen la verja cerrada. A partir de ese momento, con el hundimiento y el caos, las clases y su importancia se van desmoronando hasta desaparecer por completo y hacia el final de la película ya no sabes quién pertenece a primera, quién trabaja en el Titanic y quién estaba en tercera.

Y es en la escena final de la película donde Rose y Jack se vuelven a encontrar en la escalera que representa «el cielo», cuando nos encontramos también con todas las personas que fallecieron en el hundimiento. Los de primera, los músicos, los amigos de Jack, el capitán, los pasajeros de tercera…, y están todos juntos. Y, como espectadores, solo vemos a personas.

Con esto quería decir que en el amor, en la vida y en todo somos personas. Y que todos, en el fondo, buscamos lo mismo. Buscamos complicidad, pasión, respeto, admiración, salud, compañía, cariño, apoyo, diversión, estabilidad… Y parece mentira que, con toda la información que tenemos a nuestro alcance, la evolución y los errores del pasado de los que solo podemos aprender, sigamos nadando sin rumbo, con miedo, inseguridad y tomando decisiones de mierda… El amor es como el iceberg que hundió el Titanic: podemos ver solo una pequeña parte en la superficie, pero lo importante está oculto bajo el agua y, si nos tomamos el tiempo para explorarlo y entenderlo, navegaremos con más seguridad hacia relaciones sólidas y verdaderas. No puede ser tan difícil.

Suena

«Space Song», de Beach House

2

Este mensaje ha sido eliminado

Vale, ¿podemos hablar de la función de Whats-App de borrar mensajes un segundo? En qué momento se inventa la maravillosa opción de eliminar mensajes ya enviados y alguien, amargado y con ganas de jodernos la vida, decide que solamente se aprobará esta genialidad si queda una nota de «mensaje eliminado». ¿A quién se le ocurrió? Me imagino la reunión así:

—Sería genial poder borrar mensajes que ya hemos enviado, ¿a que sí?
—Buah, sí. Me ha pasado demasiadas ve-

ces y seguro que a todo el mundo le pasa constantemente.

—Esta opción salvaría a muchas personas de situaciones incómodas.

—Le estaríamos haciendo un favor a la humanidad.

—Totalmente. Oye, pero hagamos que la burbujita se quede y que tan solo ponga «mensaje eliminado».

—¿Por qué? La gracia es que no quede evidencia de lo que suponemos que ha sido un error o algo que nos arrepentimos de haber mandado.

—Calla. Lo vamos a hacer así y punto.

Seguro que fue un tío.

Esto lo pienso ahora porque el otro día me cagué un poco en esta opción, porque un amigo nos contó que tenía una cita. Él es un amigo con el que siempre he tenido muy buen rollo. Y en un mundo paralelo sé que seríamos perfectos el uno para el otro. Nos gustan las mismas cosas y somos muy parecidos. Seríamos de esas parejas que quieres ser. Lo más curioso es que ambos llevamos muchos años solteros y a veces me pregunto a qué cojones estamos esperando. Pero él me ve solo como una amiga. Y yo en realidad a él también. Pero supongo que siempre me gustará un poco, en secreto y en mi cabeza.

Estábamos tomando algo en una terraza y nos contó que se iba a una cita, que ya conocía a la chica y que se habían visto varias veces. Me extrañó, porque era la primera vez que oía que la mencionaba. Aunque es verdad que tampoco habla mucho de estas cosas. Nos explicó que le gustaba, que iba todo muy despacio y que era preciosa. Le pregunté por el plan que tenían pensado hacer y me dijo que iban a cenar a casa de ella y que se quedaría a dormir ahí. Se me encogió un poco el corazón, pero me alegré por él. Siempre me alegraré por el amor y el romanticismo. Siempre.

Yo tenía una cena en el piso de unos amigos después y cuando estaba volviendo a casa en el taxi a las dos de la mañana (con demasiadas copas de vino encima) decidí escribirle.

Yo

Qué tal tu cita?

Me arrepentí y lo borré una vez enviado, pero tardé demasiado y lo leyó.

Por qué lo borras?, jaja
Me habías preguntado qué tal la cita?

Mierda.

Suena

«Anyone Else but You», de The Moldy Peaches

3

Vas a mil kilómetros por hora

Me ha escrito Alek, pero tengo un mal día y decido contestarle lo que llevo pensando estas últimas semanas.

Alek
Cómo estás?

Yo
Todo bien
Oye, no tenemos por qué seguir haciendo esto
Siento que has perdido interés o que solo
querías sexo casual

Alek

No entiendo a qué viene esto, pero OK

> *Yo*
>
> Es una sensación

Alek

Creo que simplemente
vamos a ritmos diferentes

> *Yo*
>
> No sería la primera vez que me pasa,
> quizá soy yo que me he hecho
> la olla

Alek

Pues creo que un poco sí
Sentí química contigo
Pero parece que vas a mil kilómetros por
hora y que quieres pasar de cero a cien…

> *Yo*
>
> Con tu OK me lo has dicho todo

Alek
Que porque yo te diga de ir a tu habitación
pases a convertirme en un fuckboy…

Yo
No sé…

Alek
Creo que te lo estás pensando todo
demasiado…

Si para Alek dejar de contestarnos al cabo de diez días, acostarnos cuando hemos tenido más de dos citas, mantener una conversación de más de diez minutos o llegar unos veinte minutos tarde cada vez que nos vemos es ir a mil kilómetros por hora o le parece que es el cien por cien de una «relación», lo lleva bastante mal, la verdad.

Decido no hablar más con él. Tampoco sé muy bien qué contestarle.

4

A priori, no pretendía salir

Me compré el patinete eléctrico durante una de mis muchas crisis momentáneas en la pandemia y lo sigo usando a menudo. He quedado para picar algo con las chicas y nos hemos acabado animando a salir a tomar una copa rápida a nuestro bar de confianza. Hace siglos que no salimos ni hacemos nada y no voy a malgastar la primera oportunidad que tenemos de estar juntas sin ser el cumpleaños de ninguna. Aun así, no soy muy fan del concepto improvisar. Y aún menos de no ir vestida para la ocasión. Hoy llevo el pelo sucio y, cuando hace frío, mi truco es un beanie de lana y mucha máscara de pestañas. No me gusta pensar que tomar una copa significa quitarme dicho beanie. El local es interior y la sensación térmica ahí dentro es prácticamente tropical. Además, he venido en patinete y Chloe se enfada cuando lo llevo, porque no tienen dónde guardarlo. El local es del marido de Chloe. Qué raro se me hace llamarlo así.

Entre copas y codazos —es muy pequeño y los jueves está petado—, voy a la barra a pedirme otro vodka con limón cuando un chico se me acerca y me habla como si me conociera. Mi cara en estas situaciones es siempre la misma: una media sonrisa para no parecer borde y los ojos un poco más abiertos de lo normal para indicar sutilmente mi sorpresa, a ver si la persona (o mi cerebro) me recuerdan de qué lo conozco. Afortunadamente, el chico menciona que nos conocimos de fiesta, en un evento que montaron unos amigos hace unas semanas. Me ilumino. ¿No os pasa que a veces, si analizáis mejor o tenéis más de cerca la cara de una persona, os parece por completo nueva y veis cosas en las que no os habíais fijado antes? Ya sabía quién era, pero le veía una cara muy distinta. Le sonrío. Brindamos estúpidamente por algo sin sentido y vuelvo con las chicas.

Es más mono de lo que recordaba.

Le comento a Charlie que hay un chico que me parece mono en la barra y que creo que me ha tirado la caña. Aviso importante: soy experta en pensar que los hombres flirtean conmigo cuando no siempre es el caso, así que siempre hago check con alguna amiga para corroborar mi teoría. Todas se giran a mirarlo sin un ápice de disimulo, como hacemos siempre en nuestro grupo. Él sonríe empoderado. No hay nada más sexy que un tío apoyado en una barra bebiendo cerveza de botellín, y más aún si sabe que un grupo de chicas monas hablan de él.

—No para de mirarte —me dice Olivia.

—Es guapo, ¿quién es? —pregunta Charlie.

—Se llama Sebas. Creo que es videógrafo. Es amigo de Tommy.

Tommy es amigo mío desde hace años y se lleva bien con todo el mundillo creativo de Barcelona: fotógrafos, diseñadores gráficos, productores, directores de arte… Todos sus amigos son versiones de Sebas con alguna pequeña variación. Es un prototipo muy concreto de tío de Barcelona.

—¿De quién habláis? —pregunta Chloe, que había ido un momento al baño.

—Hay un chico en la barra que mira mucho a Gina… —le explica Maya con tono burlón mientras me guiña el ojo.

—¡Tía, yo lo conozco! ¡Nos ha hecho las últimas fotos para la marca! —grita Chloe—. ¿Quieres que te lo presente? Es muy crac. Es amigo de CB —pregunta emocionada mientras mira a Sebas sonriente.

CB, ya sabéis, es el marido de Chloe.

—Nada, ya nos conocemos. Dejad todas de mirarlo. Me estáis poniendo nerviosa y el tío debe de estar flipando —digo mientras cojo a Maya del brazo y la giro hacia mí—. ¡Bailemos!

La música no es mi estilo favorito, así que bailo lo mejor que puedo mientras lanzo miraditas disimuladas a Sebas, que cada vez está más y más cerca. Olivia me va guiñando el ojo y Chloe me hace gestos con la cabeza para que vaya con él. Tengo amigas muy pesadas. Me giro y Sebas está literalmente a cinco centímetros de mi cara. Me sonríe. Es bastante más alto que yo, así que miro hacia arriba. Su pelo es rubio ceniza y tiene los ojos muy claros. No es mi tipo habitual ni parece de aquí. Me gusta. Huele bien. Nos hablamos al oído, pero no recuerdo qué nos decimos. Solo pienso en el calor que tengo con mi puto beanie y en lo sucio que llevo el pelo.

—¿No quieres quitarte el gorro?

—No, estoy bien. Es parte de mi look —respondo vacilando.

—Te queda bien.

—Gracias. —Me pica la cabeza, pero no me rasco.

Puto beanie.

—¿Dónde vives ahora? La última vez me dijiste que estabas en Gracia, ¿no?

—Ahora estoy en…

Se encienden las luces. Momento crítico. El bar cierra a las tres de la mañana. Lo miro riendo. Sigue pareciéndome mono. Yo en cambio no debo de estar tan mona. Me da la sensación de que parezco que acabo de volver de esquiar con las mejillas rosas y la frente sudada del casco. Mierda. El patinete. Si no soy suficiente ridícula ya con mi gorrito de lana a treinta y cinco grados dentro de un local, solo me falta despedirme montada en un patinete eléctrico. Chloe y las chicas me rescatan y me despido de Sebas con la mano. Salimos del bar junto con la multitud. Aire fresco, al fin.

El marido de Chloe está fuera esperando en la calle con mi patinete.

—¡Vamos a tener que empezar a cobrarte por aparcar este trasto, rubia! —CB es la única persona en este mundo que me llama rubia.

Es un mote cariñoso con el que me bautizaron él y sus amigos cuando empezamos a salir con ellos de fiesta a los dieciséis años. Chloe y él llevan juntos desde entonces. CB es el amo.

—Corre, dámelo que no quiero que me vea —le digo en voz baja mientras lo enciendo y me monto en el patinete.

—Tía, no voy a dejar que te vayas sola en patinete hasta tu casa a estas horas y encima borracha —me grita Chloe en modo madre responsable.

—No voy borracha. —Típica frase delatadora de persona que sí que va borracha.

Pero Chloe tiene razón. Vivo un poco lejos, vivo literalmente en Mordor.

—Puedo acompañarla yo —interrumpe Sebas saliendo del local mientras se pone el abrigo. Lleva un cigarro apagado en la boca.

Bufff. Gina, vete a casa.

—Pues estaría bien, porque esta rubia es un peligro —le dice CB mientras saluda a Sebas con un abrazo.

Chloe me mira de reojo y se ríe.

—Alguien va a pillar, alguien va a pillar —me canta al oído.

—Chisss. CB, tu mujer va pedo. ¡A dormir! —le grito a este señalando a Chloe, que sigue haciéndome caras y riendo.

Chloe me hace mucha gracia borracha. Siempre digo que es mi persona favorita cuando va borracha, porque se vuelve una niña de diez años traviesa, pesada y con un punto delincuente. En su despedida de soltera la llevamos a un karaoke en Roma y solo tiraba los vasos de chupito de cristal al público como si fuera una estrella del rock y casi incendia un restaurante con una bengala. Chloe también es la ama.

Estoy entre desaparecer en la oscuridad montada en mi patinete y evitar liadas a altas horas de la noche o fumarme un cigarro con Sebas y dejarme llevar. Como buena piscis, voy con la opción B. Sebas enciende su cigarro y el mío. No nos decimos nada, pero nos miramos y reímos entre caladas. Hace frío. Ahora agradezco llevar el beanie.

—Me mudé más abajo después del confinamiento. Ahora llevo unos años cerca del centro.

—Yo vivo en pleno centro.

—Ah, ¿sí? Vaya.

—Claro, cuando me he ofrecido a acompañarte, era solamente porque me viene de paso y así me sale mejor de precio el taxi.

—Pero si acabo de decirte dónde vivo —le digo entre caladas—, y yo que pensaba que te ofrecías porque te hacía ilusión probar mi patinete.

Me alejo caminando con el patín. Me sigue. Suerte que no he ido sola en patinete. A medida que caminamos, me doy cuenta de que voy más borracha de lo que pensaba.

—Podemos ir en taxi, pero si caminamos se nos bajará la taja. Odio irme a dormir borracho.

—Es un buen trozo hasta abajo.

—Bueno, pasear de noche por Barcelona es agradable. Se nos pasará volando, ya verás. ¿Puedo? —Señala el patinete y prueba a encenderlo. Lleva el cigarro en la boca y lo tiene tan consumido que parece que se va a quemar. Le indico cómo funcionan las únicas dos modalidades que tiene.

Sale disparado haciendo el imbécil y gritando—. ¡Soy el rey del mundo! —Da media vuelta y se pone a mi lado—. ¿Te llevo?

—Nos la vamos a pegar. No creo que esté hecho para dos personas.

—Va, no seas aguafiestas. Sube.

No veo del todo clara la jugada y, aunque parezca muy romántico ir los dos en patinete, mi experiencia me dice lo contrario. Me subo delante como puedo y conseguimos arrancar. Tengo su cara pegada a la mía, porque si se pone recto no ve adónde vamos con mi beanie. Tiene la cara muy fría. Yo soy de color rosa. Llegamos a un cruce en rojo y me bajo.

—Hueles bien —me dice al oído.

—¿Es por aquí? —pregunto un poco desubicada.

—Es todo recto hasta abajo. No tengo sueño.

—Yo tampoco.

—¿Quieres beber la última copa en mi casa? Creo que mi compi no está.

En momentos así es cuando empiezo a hablarme a mí misma. «Si vas a su casa, sabes perfectamente lo que va a pasar. Y tendrás que quitarte el beanie. A tomar por culo el beanie».

Sube a cuestas mi patinete y entramos en su piso. Me dice que no hagamos ruido por si está su compi durmiendo. Nos entra la risa floja a medio camino, porque llevo pantalones de vinilo y hacen muchísimo ruido. «Si ahora nos hace gracia, ya verás qué risa para quitármelos», pienso.

El piso es muy mono, de estilo modernista. Sorprendentemente ordenado y bien decorado. *Not usually the case* cuando se trata de dos tíos en su late twenties. Sebas es dos años más pequeño que yo. Me acompaña en un tour por el piso haciéndome ver que es un guía de museo. Me gustan los hombres con sentido del humor. Reímos todo el rato. Su compi sí que está en casa y está durmiendo. La última parada es la cocina y abre la nevera mientras se enciende otro cigarro. Lo analizo a distancia desde la puerta.

Jo-der.

—Solo puedo ofrecerte birra. Vino tinto. Mayonesa. Jamón dulce. Mmm, ¿tortilla?

—Una copa de tinto —contesto en voz baja.

Me sirve un tinto y se abre una cerveza. Confieso que me entra cero una copa de tinto ahora. Sonrío y bebo un sorbito. Vamos al salón. En cuestión de segundos aparece su compi de piso medio dormido.

—Hola. ¿Qué cojones, tío? Es jueves —le dice entre bostezos.

—Ella es Gina. Gina, Pepe.

—Hola, Pepe.

Me pregunto por qué sigo hablando en voz baja.

—Hola, Gina, perdóname. No me gusta que me despierten. Mañana madrugo.

—No sabía si estabas en casa o no —se disculpa Sebas.

—Acabo de volver. —Ríe.

—Serás cabrón. Te acabas de meter en la cama —le dice mientras se pegan en plan broma.

—Sí, tío, en realidad voy mazo pedo. —Reímos los tres.

Pepe se sienta en la silla y se enciende un cigarro. Sebas me mira rayado y se disculpa con un gesto. Muevo la cabeza y le sonrío para indicarle que no se preocupe.

—No te he enseñado mi cuarto, ¿no? —me pregunta Sebas mirándome.

—Classy, bro. —Ríe Pepe.

—Calla —le contesta Sebas.

Nos levantamos del sofá y me despido de Pepe con la mano. Me sonríe y se queda solo fumando el cigarro y mirando al techo empanado.

Nos sentamos en su cama y nos reímos. En este momento me doy cuenta de que sigo llevando el puto gorrito. Me levanto y me lo quito. Me miro en el espejo que hay en el armario. Ni tan mal. Cuando vas taja, llega un punto en que ya percibes una realidad tan distorsionada que hasta te ves pibón. Me da igual todo.

—Vuelve aquí… —Me coge de la mano.

—Voy. —Vuelvo a sentarme a su lado.

Estamos muy cerca. Me mira, sonríe y me besa. Sabe a cerveza.

Suena

«Can I Call You Tonight?», de Dayglow

5

I'll have what she's having

Cuando empieza el frío no hay nada que me apetezca más que acurrucarme en el sofá y ver películas de Nora Ephron. Si sois unas frikis de las comedias románticas, me entenderéis y estaréis de acuerdo en que no hay mejores películas sobre el amor que las de Nora Ephron. *Cuando Harry encontró a Sally, Algo para recordar* o *Tienes un e-mail...* Ufff, son tan buenas todas. Mientras suena la intro de la primera película, pongo una bolsa de palomitas en el microondas. Es mi plan habitual de domingo y no puedo ser más feliz. Fuera hace frío y llueve, así que decido abrir las ventanas y taparme con la manta. ¿Sabéis que las parejas que aparecen en la película son parejas reales de Nueva York?

Aparece en la pantalla Meg Ryan en un coche y, con una mueca y un carraspeo, espera a que Billy Crystal y su novia paren de besarse. Lo que era para mi Lindsay Lohan en mis veinte es Meg Ryan a mis treinta. Nora Ephron revolucionó el género con su peculiar manera de ver las relaciones humanas, basadas muchas veces en las suyas propias y las de sus amigos. Lo que más me gusta de sus películas son los diálogos ingeniosos y el humor. Además de esa estética del Nueva York de finales de los ochenta y principios de los noventa.

Veo estas películas y solo quiero un armario lleno de jerséis, abrigos largos, tejanos rectos, un cuello alto negro, ese corte de pelo noventero que realmente me sentaría como el culo, pero que en Meg Ryan se ve elegantísimo… Ufff, el cine. Me encanta. Jamás entenderé a la gente que no soporta el cine y no ve películas.

Además, yo siempre digo que del cine se aprende, y es verdad. Por ejemplo, según Harry Burns, interpretado por el divertido Billy Crystal, hay dos tipos de mujeres: las muy exigentes y las poco exigentes. Y, como Sally, yo soy de las peores, porque soy muy exigente, pero creo que soy poco exigente. Harry también piensa que «ningún hombre puede ser realmente amigo de una mujer que le resulta atractiva, siempre quiere acostarse con ella», y tiene uno de los discursos más románticos en la historia del cine: «Te quiero cuando tienes frío estando a veintiún grados; te quiero cuando tardas una hora para pedir un bocadillo; adoro la arruga que se te forma aquí cuando me miras como si estuviera loco; te quiero cuando después de pasar el día contigo mi ropa huele a tu perfume y quiero que seas tú la última persona con la que hable antes de dormirme por las noches. Y eso no es porque esté solo, ni tampoco porque sea Nochevieja. He venido aquí esta noche porque, cuando te das cuenta de que quieres pasar el resto de tu vida con alguien, deseas que el resto de tu vida empiece lo antes posible».

Solo recordando esta escena se me pone la piel de gallina. Y es que, como en la vida misma, los personajes de Ephron son complejos, tridimensionales y reflejan las realidades y la complejidad de las relaciones. Las mujeres son inteligentes, independientes y sensibles. Y los hombres también.

Sus historias empiezan con un camino de descubrimiento, malentendidos, dilemas y situaciones que acaban en comprensión y clímax romántico. Sus personajes crecen emocionalmente. Y surge un amor, casi siempre, inesperado. Me gusta Ephron porque sus historias tienen muy en cuenta la amistad y esta juega un papel crucial en todas sus películas. En *Cuando Harry encontró a Sally*, por ejemplo, la amistad es el fundamento de su relación romántica y durante toda la película vemos cómo el amor y la amistad están intrínsecamente conectados. Y es que no solo Ephron, sino que muchísimos expertos están de acuerdo en que una relación basada en una amistad sólida tiene más probabilidades de perdurar.

Otra de las cosas que también es muy Nora Ephron es Nueva York, el otro personaje principal en todas sus películas. Desde los paseos por Central Park hasta las cenas en pequeños e icónicos restaurantes o los momentos clímax en el Empire State Building… Nueva York añade ese toque mágico a las tramas que tanto me gusta y es una de las razones por las que amo tanto esta ciudad.

Recuerdo la primera vez que viajé a Nueva York, era febrero y hacía mucho frío. Viajé sola y no pude dormir en todo el vuelo de la emoción. Recuerdo subirme al taxi y ni avisar a mi madre de que había aterrizado. Tenía tantas ganas de llegar a la Gran Manzana que, con los ojos como platos, me pasé todo el trayecto mirando por la ventanilla. La ciudad estaba gris y el aire congelaba mi nariz, y, aunque el taxista no parecía encantado con la brisa helada que recorría su nuca, me guiñó un ojo por el retrovisor entendiendo que era mi primera vez en New York City. Recuerdo pasar por un oscuro túnel y de golpe, con una luz blanca cegadora…, entramos en Manhattan. Con los ojos llorosos y la piel de gallina, miraba hacia arriba sin entender cómo podía ser exactamente como lo imaginaba. Todas esas películas y series que había visto pasaban ante mis ojos como una proyección. Llevo años haciéndome playlists para viajar y sonaba a toda pastilla «Theme from New York, New York» de Sinatra en mis auriculares.

Veía a Diane Keaton por Central Park intercambiando diálogos filosóficos en *Annie Hall*, a Audrey Hepburn enfundada en Givenchy desayunando en Tiffany's en la Quinta Avenida, a Blair y Serena sentadas en las escaleras del Met, a Carrie Bradshaw cruzando las calles de Greenwich Village con sus Manolo Blahnik…

Tribeca, el puente de Brooklyn, el Hotel Plaza, el edificio del *New York Times*, el Rockefeller Center… No podía parar de ver escenas. Desde a Peter Parker saltando de edificio en edificio en *Spiderman* hasta el personaje de Amy Adams en *Encantada* cantando por Central Park… *El diablo viste de Prada, Taxi Driver, Serendipity, Hitch, Manhattan, Cazafantasmas, Big, El día de mañana, Uno de los nuestros*… Tantas tantas tantas películas. Me cayó una lágrima de felicidad.

Y es que Nueva York para mí no era solo un lugar, sino una experiencia y un sueño cinematográfico que se hizo realidad ese día. Y, cada vez que voy, sigo emocionándome igual que la primera vez, soñando despierta y queriendo vivir dentro de una de esas películas. Nueva York es y siempre será mi telón de fondo y mi ciudad favorita, y, gracias al cine, tengo un medio de teletransportarme siempre que lo necesite.

Harry Burns: Te das cuenta, por supuesto, de que nunca podríamos ser amigos.
Sally Albright: ¿Por qué no?

Harry Burns: Lo que estoy diciendo es —y esto no es una insinuación de ninguna manera— que los hombres y las mujeres no pueden ser amigos porque la parte sexual siempre se interpone.

Sally Albright: Eso no es verdad. Tengo varios amigos hombres y no hay sexo de por medio.

Harry Burns: No, no los tienes.

Sally Albright: Sí los tengo.

Harry Burns: No, no los tienes.

Sally Albright: Sí los tengo.

Harry Burns: Solo piensas que los tienes.

Sally Albright: ¿Estás diciendo que estoy teniendo sexo con esos hombres sin saberlo?

Harry Burns: No, lo que estoy diciendo es que todos quieren tener sexo contigo.

Sally Albright: ¡No es cierto!

Harry Burns: Sí lo es.

Sally Albright: No lo es.

Harry Burns: Sí lo es.

Sally Albright: ¿Cómo lo sabes?

Harry Burns: Porque ningún hombre puede ser amigo de una mujer que encuentra atractiva, siempre quiere acostarse con ella.

Sally Albright: Entonces ¿estás diciendo que un hombre puede ser amigo de una mujer que no encuentra atractiva?

Harry Burns: No, básicamente también querrías acostarte con ellas.

Sally Albright: ¿Y qué pasa si ellas no quieren tener sexo contigo?

Harry Burns: No importa, porque la cuestión del sexo ya está ahí, así que la amistad está condenada, y eso es todo.

Sally Albright: Bueno, supongo que entonces no vamos a ser amigos.

Harry Burns: Supongo que no.

Sally Albright: Es una lástima. Eres la única persona que conozco en Nueva York.

Ping. Las palomitas están hechas.

Suena
«Love Is Here to Stay», de Ella Fitzgerald &
Louis Armstrong

6

Qué sola estoy

Llevo dos fines de semana sola sin mucho plan. Hoy me he pasado el día en casa sin hacer casi nada. Por la mañana, he aprovechado el mal tiempo para ordenar y limpiar y luego me he puesto a vaciar y reordenar mi armario. Siempre que hay un cambio drástico de temperatura aprovecho para reorganizar mi ropa. Me siento en la cama y me hago looks mentales para ocasiones y planes que no tengo y analizo el armario y el espacio de mi habitación al detalle. Pienso en todas las lavadoras que voy a tener que poner, la montaña de ropa que tengo para planchar en el salón desde hace días y el mensaje en leído que me ha dejado Sebas. Quizá sería el momento de contratar a alguien que me ayude con la limpieza y la colada. Que venga un par de veces al mes y me ponga lavadoras, me limpie la casa y me planche la ropa. No sé.

También estoy haciendo un experimento con mis amigas e intentando ver qué pasa si no digo nada por el grupo. ¿Propondrán un plan ellas? Nah. Anoche nadie dijo nada y me quedé en casa viendo una peli. Hoy es sábado y son casi las seis menos cuarto de la tarde y nadie se ha pronunciado por el chat. Deben de estar con sus novios y maridos. O se habrán ido a la montaña el finde, a esquiar. Algunas sé que tenían bodas… Me cuesta aceptar que lo que teníamos ya no lo vamos a tener nunca más. Sé que nos hacemos mayores, pero ya no improvisamos planes ni solemos quedar cada fin de semana sí o sí como solíamos hacer antes. Las puestas al día son de semanas y además las quedadas duran un par de horas como muchísimo.

Aún recuerdo cuando mi única ilusión era saber qué planes íbamos a hacer el fin de semana. Me planeaba los outfits que llevaría y hacía un martes la reserva para cenar el viernes. Ahora tenemos que montar un Google Calendar a un mes vista y a algunas hace meses que no las veo.

Me estiro en la cama aburrida y, después de unos minutos comiendo techo, escribo por el grupo:

> *Yo*
> Alguna se apunta a un cine?
> Dan una buena a las 20 h. Luego podemos picar algo

Las variadas respuestas no tardan en llegar.

«Amor, yo no estoy en Barcelona».

«Yo estoy KO, tía…».

«Yo he subido a la Cerdanya».

«¡Baby, fuimos ayer con mi hermana pequeña y estamos en casa de mi padre!».

Las demás no contestan. Me pongo cómoda y decido ir sola igualmente. No hay bicis disponibles, así que voy andando.

Sigo mirando el móvil a la espera de que Sebas conteste mi mensaje. Barcelona en estas fechas es un poco la ciudad fantasma, pero me encanta. Están empezando a colgar las luces de Navidad.

—Una entrada para la sesión de las ocho, por favor.

La chica de la taquilla lleva el pelo azul y no levanta la mirada.

—¿Prefieres sentarte en medio? ¿Cerca? ¿Detrás? —me pregunta sin alzar los ojos de su móvil.

—En la última fila, en medio. —Le sonrío, pero me siento invisible.

Me compro un menú gigante de palomitas y una bolsa de gominolas. No hay nadie en el cine. Me siento donde me da la gana y bebo un sorbo de mi agua y miro a mi alrededor. Cuando no me siento donde me han asignado, me paso los tráilers sufriendo por si justo ese sitio se ha vendido a otra persona. Pero estoy sola. No hay absolutamente nadie. Me giro y entra un chico. Le sonrío. Me mira inexpresivo. Trabaja en el cine y solo entraba para cerrar las cortinas.

De pequeña me puse la norma a mí misma de no comer ni una palomita hasta que empezara la peli. Con Fer también lo hacíamos. Fer y yo íbamos mucho al cine. Normalmente los domingos. Nuestro plan era ir al cine y luego cenar o viceversa. La hora golfa nos gustaba también y una vez hicimos el guarro en la última fila porque, como hoy, no había nadie.

Siete horas más tarde, Sebas ha contestado al mensaje que le había puesto.

Sebas
Gina!!!!!!
Big sorry
Voy explotado de trabajo

«Qué sola estoy», pienso. Se apagan las luces y empieza la peli.

Suena
«Dance With the Night», de John Moods

7

No te vas a creer quién está cenando en la mesa de al lado

—Oye, ¿qué tal estás con Sebas? —me pregunta Olivia mientras se mete una aceituna en la boca.

—Pues bien, la verdad, vamos hablando y nos hemos visto varias veces, pero noto que está perdiendo un poco el interés.

—Pero ¿os escribís y habláis cada día? —pregunta Maya.

—No, o sea, no hemos vuelto a hablar desde la última vez que nos vimos. Pero sí, no sé, creo que, después de lo que pasó el otro día, quizá no me quiere volver a ver. —Suelto una carcajada.

Todas se ríen y Olivia casi escupe su aceituna.

—¿Qué pasó el otro día? Yo no me he enterado —pregunta Claudia.

—Tía, pues que me pasé la noche vomitando y cagándome encima después de cenar tacos con él.

A Claudia le entra la risa.

—¿Qué dices, tía? Pero ¿cómo, cómo, cómo…?

—Tía, pues no sé, me sentó mal y lo empecé a vomitar y a cagar todo. Y me levanté como cuatro o cinco veces. Lo único bueno es que… antes de mi show nos acostamos y estuvimos media hora desnudos hablando de música. Se quedó a dormir y todo…, pero claro… —digo entre risas.

Charlie y Chloe no pueden parar de reír.

—Te juro que estas cosas solo te pasan a ti —dice Lola.

—Ya, tío…, para una vez que pillo. En fin. Qué rayada. —Río por no llorar—. Bueno, a ver, en realidad él fue supermono, porque luego me dijo que un poco de comedia romántica en la vida nunca viene mal y pensé: «Oye, pues qué mono». Y hemos seguido hablando, pero sí que es verdad que, ahora con el puente y todo, pues como que noto que ha perdido un poco de interés. No sé, es una sensación —digo encendiéndome un cigarro.

—Tía, bueno, no te rayes. Vais a volver a quedar. Parece bastante decente y creo que claramente le gustas —confirma Charlie.

—Yo creo que estás en un momento en el que simplemente no te fías de nadie, pero no tiene por qué pasar nada raro. Ya verás que todo sale bien —me anima Claudia.

—Total, tía, no te rayes —me dice Lola mientras me aprieta la mano con cariño.

—No, no, si no me rayo, pero no sé… En fin —contesto resoplando.

Resulta evidente que estoy rayada. Es típico de mí disimular cuando no puedo ni dormir de lo rayada que estoy.

—Oye, chicas, me tengo que ir, que he quedado para cenar en Rojo —dice Olivia mientras se levanta y nos manda besos voladores.

—¡Tía, yo también voy a cenar ahí! —le digo entusiasmada.

—Ah, sí, ¿con quién vas? ¿Vamos juntas? —me pregunta Olivia.

—Voy con Marc y estos. Pero tenemos mesa supertarde. Segundo turno. Te veo allí mejor —le digo.

—Perfecto, amore, nos vemos allí —grita Olivia mientras se aleja.

Seguimos bebiendo vino y charlando sin parar. Después de una larga e intensa historia sobre el divorcio repentino de una amiga, recibimos un mensaje de Olivia por el grupo:

Olivia

Tía, Gina, adivina quién está aquí

Yo

Quién?

Olivia

Puede ser que Sebas esté aquí cenando

con una chica?

Yo

No creo que sea él. Se ha roto el brazo

y lleva una escayola

Me ha dicho que necesitaba

reposo

Olivia

Tía, pues creo que es él

LLEVA EL BRAZO ESCAYOLADO

Yo

QUÉ DICES

—¿Quizá es una amiga? ¿Su hermana? —dice Lola entre risas.

Todas me miran confundidas sin saber muy bien qué decir. Estamos seguras de que no es una amiga ni mucho menos su hermana.

Yo

No me lo puedo creer, pues ahora

me lo voy a tener que encontrar

Olivia

Quizá es una amiga?

Vale, no, muy heavy, estoy flipando,

definitivamente no es amiga

LOL

Yo

Tía, o sea, flipo, flipo, flipo

Olivia

Se viene show

Llego al Rojo y ahí está. Puto Sebas, sentado tan tranquilo y de cita. Claramente no son amigos. Claramente, está en una cita. Se están comiendo la boca como si no hubiera mañana. Yo llego con un grupo de ocho personas, pero ni se inmuta cuando entramos. Paso a centímetros de su mesa para saludar a Olivia, que se está descojonando. Yo estoy en una mesa grande en el centro del restaurante y me concentro en beber, beber y beber.

Voy por mi segunda margarita. Estoy borracha. De reojo, vigilo qué hace Sebas. Sigue ahí, en su cita, comiéndose la boca. Analizo sus movimientos lo mejor que puedo con la mirada emborronada por el tequila. Se cogen de la mano. Ella ríe sin parar. Están muy juntos. Parecen de esas parejas que llevan ya más de un año saliendo. El día que fuimos a cenar él y yo parecía una entrevista de trabajo comparado con el espectáculo que veo antes mis ojos. En ningún momento hubo caricias. Ni mimos. No puedo parar de pensar tampoco en la noche que pasé vomi-

238

tando. Qué horror. ¿Habrán quedado más veces? Seguro. Esos besos no te los das en una primera cita. ¿Se estaría viendo con las dos a la vez? Madre mía, en fin. Es que lo sabía. Es que lo sabía, lo sabía, lo sabía. Intento dejar de pensar y me centro en la conversación del grupo, pero no escucho nada de lo que dicen. Nunca me había pasado algo así. ¡Qué fuerte! Ya podrían haber ido a otro restaurante. ¿Por qué no me dijo que estaba viendo a más gente? Es como el capítulo de *Sexo en Nueva York* en el que Carrie y las chicas están cenando en un restaurante y, justo antes de salir del local, Samantha ve a Mr. Big y se lo dice a Carrie. Carrie lleva un vestido azul Klein ajustado impresionante. Se acerca para saludar a la mesa y en pocos segundos se da cuenta de que Mr. Big está en una cita.

Carrie Bradshaw: ¿Podemos hablar un momento?

Mr. Big: Claro.

Carrie Bradshaw: ¿Estás en una cita?

Mr. Big: Más o menos.

Carrie Bradshaw: Pensaba que tenías una cena de negocios.

Mr. Big: Dije una cena.

Carrie Bradshaw: Pues es preciosa. Me ha dejado boquiabierta. Disfruta de tu cena.

Mr. Big: ¿Estás bien?

Carrie Bradshaw: Sí, claro, es solo que no sabía que quedabas con otras mujeres.

Mr. Big: Bueno, no con muchas mujeres.

Carrie vuelve a decirle que disfrute de la cena y le da un fuerte golpe en el pecho antes de alejarse de él. «¡No me lo puedo creer, se está viendo con otras mujeres!», exclama a sus amigas indignada.

Pero yo, con mucha menos clase y valor que Carrie y con tres margaritas encima (y varias copas de vino que me tomé antes con las chicas), decido invitarlos a unos chupitos de sake. Así que le hago una señal al camarero para que se acerque y le digo en voz baja mientras señalo a los tortolitos:

—Mándales dos chupitos de sake de mi parte.

Cuando les lleva los chupitos, el camarero me señala. Tierra, trágame. En mi cabeza no imaginaba la señalización tan agresiva. Sebas sonríe incómodo y alza el vasito. Les guiño un ojo como puedo y cojo a mi amigo Pau del brazo y le digo de salir a fumar.

Mátame, camión.

Suena
«Adult Movies», de Litany

8

Dicen que nunca lo sabrás
si no lo intentas

Estoy reunida con mi representante y organiza-
mos un viaje a París que me coincide con un festival de cine. A estos viajes suelo ir con Andrés,
que es mi compañero habitual en estos eventos
parisinos, pero se lo propongo a mi amiga Andy.
Andy y yo somos amigas desde segundo de ba-
chillerato y nos gusta pensar que somos la media
aceituna de la otra. Ambas somos adictas al momento del aperitivo y lo primero que hacemos
cuando vamos a tomar algo es pedir aceitunas.
Andy y yo conectamos enseguida. Durante su
primer día en el colegio me tocó ser su guía (yo

justo había entrado nueva el año anterior) y, desde ese momento, las dos somos inseparables.

Andy está casada y embarazada. Nos lo anunció hace poco y nuestra amiga Sam, escandalosa como ella sola y una de esas personas que no controla el volumen de su voz, pegó un gritó que provocó la bronca de una señora mayor que se asustó pensando que había pasado algo grave.

—¡Nos acaban de dar una buena noticia, señora! —le gritó Sam de vuelta.

—Hace tiempo que os lo quería decir, pero no veía el momento —dijo Andy con una sonrisa de oreja a oreja.

—Ya me parecía extraño, llevabas muchas quedadas comiendo y bebiendo raro —le soltó Marta.

Andy, Sam y Marta son mi otro grupo de amigas y siempre hemos dicho que somos como las protagonistas de *Sexo en Nueva York*. Mis tres solteras de oro fueron compis de aventuras y noches locas durante muchos años hasta que, de repente, en cuestión de año y medio, Andy ya está casada, Sam está recién prometida y se acaba de mudar con su novio y Marta se va a casar en unos meses. He pasado de ser una más a esa típica amiga que se apunta y acopla a los planes y viajes de pareja como si fuera una hija adolescente con la que cargas porque tiene edad para quedarse sola en casa, pero no la suficiente como para escaquearse de ir con sus padres durante las vacaciones de verano.

Le pregunto a mi representante si habría posibilidad de ir al viaje con Andy. Quiero un último viaje con ella antes de que pase a tener un mini + 1 en todos los planes, y, aunque no pueda beber copas de Chablis conmigo, al menos podremos sentarnos en una terraza en Le Marais y comer aceitunas.

—No creo que haya problema —me dice Lydia, mi representante—. Os han puesto un hotel muy mono en la zona de la última vez y, si dormís juntas en una habitación, seguro que les da igual con quién vayas. Puede acompañarte al evento y luego os quedáis una noche más si os apetece. Voy a preguntar.

Yo
Noventa por ciento confirmado lo de París
Sigues queriendo venir?
Hotel tenemos seguro, to pagao

Andy
QUÉÉÉ ILUSIÓN
Oh, no me lo creooo
Muchas gracias! Cuenta conmigo!

Yo
Tengo muchas ganas <3

Me siento en la mesa de mi cocina y entro en Instagram. Mientras hago scrolling con la mente casi en blanco, veo que tengo un mensaje directo. Es un vídeo de James Matthews. ¿Qué hora es en Nueva York? Lo miro y ahí son las dos de la mañana. El vídeo es de su perro sentado en una mesa de un restaurante. La mano de James lo acaricia y al final se enfoca a él mismo con una copa en la mano. *What the actual fuck.* James Matthews es el actor americano, que debe de tener unos cincuenta años o más, con el que me sigo desde hace meses en Instagram, intercambiamos likes, comentamos historias y ahora, aparentemente, ¿nos mandamos vídeos a altas horas de la noche? *What the actual fuck.* No sé qué contestar. Le doy like al vídeo y me tiro de cabeza a la piscina y le escribo.

Yo

Por casualidad no vas a estar en París para
el festival de cine, no?

James

Justo voy a finales de semana!

Yo

Podríamos quedar para tomar algo
Yo voy a estar toda la semana

Mi corazón bombea a tres mil por hora. Me sudan las manos y mis ojos glitchean mientras observo la pantalla. «Escribiendo…». *What the actual fuck.*

James

Hagámoslo! Te digo cómo tengo la
agenda en breve!
Cómo estás? A qué vas?

Yo

Tengo un evento el jueves
y aprovecharé esos días
con una amiga

James

Suena bien. París es siempre
una buena idea

Yo

Hablamos pronto!

James

Sííí

¿Qué cojones acaba de pasar? No entiendo
nada. Dejo el móvil encima de la mesa y me entra
la risa floja. ¿Voy a quedar con James Matthews?
¡¡¡Dios!!!

Suena
«Heartbreaker», de Dreamer Boy

9

Al menos tuvo la decencia de llamar para disculparse

Estoy con las chicas en casa. Hemos quedado de plan de afterwork y entre copas de cava y cervezas 0,0 Carla nos cuenta sobre su nuevo ligue, un chaval de veintipocos años que la tiene hipnotizada. Carla es mi única esperanza y la única amiga soltera que me queda, así que egoístamente estoy pidiéndole al dios del amor que sea una historia pasajera. ¿Soy mala persona por no querer que mi amiga encuentre el amor? Sí, lo soy.

—Es una monada. La verdad. Pero es que, tías, tiene veinticuatro años —dice Carla abriendo la ventana para ventilar.

—Hace mucho frío, ¡qué haces! —grita Maya, que es la más friolera y que va tapada con mi manta de lana del sofá.

—A ver, ¿qué prefieres? ¿Oler a tabaco o ser una estalactita? —le contesta Carla burlona.

—Ninguna de las dos. Odio que fuméis.

Maya no tiene un buen día y está de morros. Tiene un trabajo nuevo al que debe ir en autobús y lo odia. Maya es de esas personas que, como un pequeño gremlin, pasa de ser un adorable Furby de ojos grandes a un monstruito verde quejica y lleno de rabia.

—Pero, Carla, ¡cuenta qué tal! ¡Queremos detalles! —grita Sofía desde la cocina—. ¿Dónde está el abridor, Gina? —me pregunta.

—¡Donde siempre…! ¡Primer cajón a la derecha! —grito de vuelta.

—¿Me traes otra birra? —le pide Olivia.

—Es que no me dejáis hablar —dice Carla soltando una calada y con la mirada perdida.

—Que sí, va. Cuenta —le digo.

—Pues le dejé mi número en una servilleta y cuando fui a pagar le di en el hombro y le dije «escríbeme» —nos cuenta orgullosa.

—Olé, tía, claro que sí —le aplaude Lola.

—¿Y te escribió o no? —pregunta Maya.

—Sí, nos hemos visto ya dos veces —explica Carla.

—Pero ¿y vive con sus padres o con amigos? —pregunta Claudia.

—Con amigos. Ese es el otro tema. ¿Dónde lo vamos a hacer? No tenemos casa. Yo también vivo con mis padres —suelta Carla riéndose.

—En el coche, de toda la vida, amore —dice Claudia.

—¡De toda la vida! —gritamos a la vez y reímos.

—Ya os contaré. Parece buen tío. Decente —dice Carla.

—Todos parecen decentes y luego te la juegan —suelto sin miedo.

—¿Tú qué tal, amor? —me pregunta Lola, que ha pillado mi mood enseguida.

—Pues Sebas me llamó ayer —les explico—. Me escribió preguntando si me podía llamar un segundo y le dije que sí. Básicamente me dijo que lo sentía mucho, que lo había gestionado todo muy mal y que le pareció superincómodo, que lo sentía y que soy una tía de puta madre, bla, bla…

—Al menos tuvo la decencia de llamar para disculparse —apunta Claudia.

—Total —contesta Sofía.

—Los vi el otro día tomando algo por Enrique Granados —dice Maya.

—Quizá sea el amor de su vida —opino mientras juego con mi botellín de cerveza.

Pasan unos segundos de silencio.

—Por cierto, ¿sabéis quién se casa? —grita Lola—. ¡Pablo, tías!

—Pablo el de… —Carla me señala con la cabeza.

—Pablo, el mismísimo —afirma Lola—. No sé por qué se me ha venido a la cabeza, perdón. Me lo contaron ayer en la ofi.

—Ah, es verdad, ¡que trabajas con la novia! —recuerda Sofía.

Pablo es un chico que me presentó Andy hace años y con el que siempre mantuve un extraño tonteo. Recuerdo que, la primera que lo conocí, me presenté dándole la mano. «Gina Vives, un placer». Al tío le hizo gracia y se lo contó a mi amiga Andy. «Muy mona tu amiga Gina». Jamás pasó nada entre nosotros, pero una noche, volviendo de fiesta y después de varias horas tonteando, al llegar a casa nos mandamos fotos subidas de tono e hicimos un poco de sexting… Muy divertido.

Bebo un trago de mi cerveza mientras las chicas gritan de fondo.

Miro a Carla, que sigue sentada en la ventana fumando y espiando a mis vecinos. Se gira, cierra la ventana y me sonríe. Me guiña un ojo y le pone a Maya la manta por encima de la cabeza. Maya se ríe y se abrazan. Las observo y, como si hubiera silenciado la escena, se mueven casi a cámara lenta. Ríen y fuman. Fuman y beben. Intercambian gestos y comparten cotilleos. Mi salón es pequeño y, cuando estamos todas, siempre tenemos que estar muy pegadas.

Sonrío. «Suerte que tengo a mis amigas», pienso.

Suena
«When We're Older», de James Blake

INVIERNO

1

Paris, je t'aime

Llevo un día en París con Andy y está siendo genial. Hemos paseado por Le Marais, comido cerca del Pompidou, visitado la Fundación Louis Vuitton, comprado souvenires y ropa guay en The Frankie Shop y cenado en una terracita cerca del Moulin Rouge. No paro de pensar en lo bonita que es esta ciudad. Da igual que llueva y que todo se vea gris… *Paris, je t'aime.*

He quedado con James Matthews a las cinco de la tarde en su hotel. Hemos estado un rato hablando e intentando cuadrar horarios. Ha pasado de ofrecerse a venir a buscarme a mi hotel a quedar directamente en el suyo. Duerme en el Ritz y me ha dicho que quedemos en el bar del hotel para tomar algo por la tarde. La mesa está a nombre de un personaje de dibujos animados, que es el que usa cuando viaja o se hospeda en distintos sitios para que no sepan quién ha hecho la reserva. Muy fuerte. Andy y yo estamos en estado de shock y dando saltos por la habitación de nuestro hotel.

—¿Qué te vas a poner? —me pregunta Andy.

—Tía, ni idea. Toda de negro, supongo. Dios, qué nervios. Me oigo el corazón latiendo a toda hostia —le digo estirada en la cama.

—Me da un poco de cosa que vayas a su hotel —me dice Andy mientras se enrolla la melena con la toalla y se sienta en el borde de la cama.

—Hemos quedado en el bar del hotel. No pienso subir a su habitación —le digo mientras me incorporo.

—Pero ¿si no es un creepy y te gusta? ¿Subirás? —me interroga.

Tengo un debate mental momentáneo conmigo misma que dura pocos segundos. Si es un tío raro, me tomo algo y me invento que tengo un compromiso para cenar. Si me gusta y veo que…

hay tema, ¿quizá sea la única oportunidad en mi vida de acostarme con James Matthews? ¿Lo hago porque puede que no vuelva a verlo en mi vida? No. Ni de coña. Sí. Qué más da. Tengo treinta años. No. Sí. No. No puedo esperar a la tercera cita. No va a haber una tercera cita. ¿Podríamos mantener una relación a distancia? Me imagino titulares. ¿Sabéis esa escena en *The Holiday* en la que Cameron Diaz no puede dormir y se imagina un tráiler de su propia vida? Eso me está pasando a mí: James Matthews viaja a Barcelona para ver a su chica, una joven catalana que podría ser su hija. James Matthews está enamorado de una influencer catalana. Me río sola.

—Supongo que ¿sí? —contesto finalmente.

—Claro, tía. Buah, es que sigo flipando con que vayas a quedar con este tío —me dice Andy entusiasmada.

—Si es un friki, te mandaré el emoji del payaso. Si me gusta, te mando el de la chica haciendo el pino puente —le propongo entre risas.

—Perfecto. De todos modos, te esperaré un rato en el bar de al lado tomándome un café por si acaso —me dice Andy mientras se peina.

—Gracias, amiga. —Nos abrazamos entre nervios, saltitos y risas.

Pegamos un grito de la emoción y me voy a la ducha. Me pondré una falda midi negra que tengo, unos mocasines que me encantan, un poco punk, y una blusa de seda que tiene forma de americana que siempre me queda muy bien y que me parece superelegante. Me dejo el pelo suelto y me maquillo sutilmente. Me perfumo, cojo todo lo que necesito y lo meto en un bolso diminuto que parece que va a explotar. Una vez en la calle, las dos seguimos hablando.

—Estás guapísima. Va a ir genial, ya verás —me dice Andy mirándome con sus gigantes ojos marrones.

—Gracias. Estoy bastante nerviosa —le contesto sonriente.

—Estoy más nerviosa yo que tú. Eh, tienes que parecer relajada, como si fuera un hombre cualquiera. Que no sienta que estás nerviosa por ser quien es. Quizá sea el hombre de tu vida y todo lo que te ha pasado es porque tenías que conocerlo a él —me dice convencida mientras busca con la mirada el Uber, que debe de estar al caer.

—No sé, no sé. Bueno, me lo pasaré bien seguro —le contesto mientras veo el Uber asomándose por la esquina—. Ahí está.

Nos subimos y nos pasamos el viaje prácticamente calladas por los nervios. Andy es mi Charlotte York y, como Charlotte, ella es una romántica. De camino al Ritz, pienso en todos los escenarios posibles de esta noche. Nerviosa, mi inseguridad se va apoderando de mí. Intento calmarla hablándome bien a mí misma. «Estás guapa, Gina. Estás curtida en esta aventura del amor y las citas». «Estás quedando con una persona», me diría Carla. «Estás bien. Estarás bien. Respira».

Llegamos a la plaza Vendôme, abrazo a Andy y, como el personaje de Miranda Priestly, en *El diablo viste de Prada*, bajo del coche haciendo una coña.

—*Everybody wants to be us.*

Andy se ríe y nos apretamos la mano una última vez por la ventanilla.

—Pásalo bien y mantenme informada. Yo estaré aquí cerca. Te mandaré ubicación —me dice Andy con un tono maternal.

Me despido con un guiño. «Va a ser una madre fantástica», pienso. Camino acelerada y entro en el Ritz. Me recibe un chico que me acompaña a recepción. Allí le digo a la chica que he quedado con un amigo, que tenemos mesa a nombre de…, de golpe recuerdo que estaba a nombre de un personaje. Se lo digo con una mueca, ella me sonríe y me acompaña a la mesa.

Cojo el móvil por si me ha escrito algo y veo un mensaje de James, que me dice que ha subido un segundo a dejar unas cosas y que ahora baja. Mierda. Quería llegar y que ya estuviera ahí. Sigo pensando que esto no es real y que no lo voy a conocer. Me siento en la mesa con un mantel blanco al lado de la ventana. Son estos momentos en los que te das cuentas de lo rarísimo que es en realidad quedar con un extraño. Y mucho más raro si ese extraño te gusta. Y te gusta sin conocerlo. Intento sentarme recta, pero a la vez quiero parecer relajada. Cambio de postura dos veces. Decido no coger el móvil para que pueda estar presente desde el primer segundo.

Miro a mi alrededor fascinada con lo bonito que es el bar. Es como un invernadero gigante y entra una luz dorada preciosa que solo espero que al menos me haga guapa. A los pocos segundos, noto una mano en mi hombro. Levanto la cabeza y ahí está. James FUCKING Matthews. Me levanto y nos damos un abrazo.

—¡Qué bien conocerte en carne y hueso! —me dice con una sonrisa blanquísima.

Está muy bronceado para ser invierno y lleva una cámara de fotos colgando. Es muchísimo más atractivo en persona. Dios.

—Este sitio es increíble. ¿Cómo estás? —le pregunto intentando no mirarlo demasiado.

—¿A que sí? —me dice sin quitarme la vista de encima.

Me mira fijamente y, de alguna manera, siento que está haciendo un análisis mental rápido para ver si cumplo con alguna especie de check-list que tiene para asegurarse de que no soy una psicópata.

Nos observamos el uno al otro, sonrientes, sin saber muy bien qué decir. «Claro que le gustas —pienso—. Siendo quien es, por qué va a quedar con una chica de Barcelona que quizá no vuelva a ver en su vida. No quiere ser tu amigo, Gina». Aparece el camarero y los dos parecemos aliviados por tener un segundo para respirar.

—Yo tomaré un tequila con hielo —le dice.

«Joder, va fuerte», pienso.

—Yo una copa de Chablis, por favor —le sonrío al camarero, que me mira curioso.

—Bueno, bueno. Cuéntame. ¿Qué has hecho hoy? —me pregunta mientras se quita la chaqueta.

Lleva algún tatuaje y un anillo que me pondría yo. Hablamos de nuestros días en París, de viajes, de mi trabajo, me enseña fotos de cosas por las que pregunto. Me mira y lo miro. Cada vez estoy más relajada y hablo más. Se ríe y me pregunta si soy cien por cien catalana. Le digo que mi madre es danesa y me responde que ahora entiende lo del inglés. Le digo que tengo un acento muy mezclado y que puedo sonar desde como Penélope Cruz si estoy nerviosa hasta mezclar el acento británico y el americano sin darme ni cuenta. Se ríe. Pedimos otra copa y seguimos charlando de Nueva York, de Barcelona y le hablo de la Costa Brava. Le recomiendo ir alguna vez. Le intento hacer entender lo que es una cala, pero no me sé explicar. Me habla de perros y, mientras me coge la mano, me pregunta por mis tatuajes y yo por los suyos. Me río tímida con sus historias al tiempo que nos miramos y recorro sus tatuajes con mi dedo.

Le mando a Andy el emoji de la chica haciendo el pino puente.

Suena

«I'll Try Anything Once ("You Only Live Once" demo)», de The Strokes

2

Una serie de catastróficas desdichas

¿Sabéis ese típico día en que todo parece salir mal? Hoy tengo esa clase de día. Hace poco leí que hay que hacer la cama nada más levantarse y que la persona que no es capaz de tener su habitación ordenada tendrá una jornada más caótica y desastrosa que alguien que sí la tiene. No me ha sonado la alarma y ya he empezado con mal pie, durmiendo más de la cuenta y llegando tarde a mi reunión.

He puesto la cafetera en marcha y me he metido en la ducha escopetada. Me he servido una taza de café a la velocidad de la luz, porque sin él no soy persona, y al colocar la taza encima de la mesa he derramado media y, después de tres «hostia puta», dos «joder» a todo pulmón y algún que otro «me cago en todo» seguidos, me he vestido como he podido, me he maquillado mínimamente para no parecer un muerto y he salido por la puerta.

Evidentemente, mi cama está sin hacer. Mierda.

En el taxi camino a mi reunión, porque por supuesto no había ni una puñetera bici eléctrica disponible, pienso en lo que leí de la cama sin hacer. «Ahora todo el día me va a salir mal, ya verás», me digo. Me he dejado los auriculares, así que me paso el viaje en coche mirando la ciudad y parece que va a llover. Entro en el edificio corriendo y la portera me dice que no funciona el ascensor, así que subo cuatro pisos a pie. Llego al cuarto sin aire, sudando y con el pelo enredado por culpa de mi bufanda. Me sale sin querer mi tercer «joder» del día y no son ni las diez de la mañana. Genial.

La persona con la que me tengo que reunir se está retrasando, así que estoy en la sala de espera resoplando. La reunión es breve y todo son buenas noticias. Por fin algo bueno. Primera cosa positiva del día. Decido volver a casa dando un paseo, cambiar mi suerte y parar a por el segundo café del día. Mientras pido mi latte con leche de avena, entro en Instagram y veo un mensaje directo.

Seb
Hello, me has salido en Raya y me has
llamado mucho la atención
Espero que no te importe que te escriba por
aquí
He visto que tenemos amigos en común

Analizo su perfil y miro sus etiquetados. Tenemos en común a mi amiga Laura y a su marido. El tío es fisioterapeuta. Es extranjero, rubio, está muy fuerte y, aunque viste como un futbolista y tiene fotos con filtro naranja, está bastante bueno. Aunque no es mi tipo para nada. Mmm. Hago un pantallazo del mensaje y se lo envío a Laura por WhatsApp.

Yo
Quién es?

Laura
Jajajaja, es mi amigo Seb
Es superbuén tío

Se gana bien la vida, es quiropráctico

y más mayor

Es muy majo, tómate algo con él

Aunque no es tu tipo

Yo

En qué sentido?

Laura

No sé, es como muy healthy…

Ultradeportista, pero se puede

tomar una birra…

No sé, nunca lo había pensado

Ufff. Bueno. Veo que juega al rugby y ahora dudo de si debería contestar o no. ¿Y si cambio mi prototipo? ¿Y si le doy una oportunidad? No tengo nada que perder. Al final, alguien deportista hasta me vendría bien (bueno, no sé, Alek también lo era).

Yo

Heyyy!

Prefiero hablar por aquí, la verdad. Así

que it's okay

De qué conoces a Laura?

270

Seb

Hicimos un curro juntos hace tiempo y
nos hicimos amigos. Tú?

Yo

Somos prácticamente familia,
la conozco de toda la vida

Seb

Cómo es que nunca me ha
hablado de ti?

Porque no eres mi tipo, amore.

Seb

Estuviste en su cumpleaños
en agosto?
No me acuerdo de ti y créeme que
me acordaría

Yo

No, me lo perdí
Jaja

Seb
Quizá fue nuestro momento *Sliding Doors*?

¿Conocéis la película *Dos vidas en un instante* con Gwyneth Paltrow? Es una joya. Sí, todo en la vida depende de si te cruzas o no con una persona concreta en un momento determinado. Me sorprende que la conozca.

Yo
Seguramente

Seb
Te apetece ir a tomar algo pronto?

Yo
Venga!

Es verdad que a veces prefiero que sean directos y que tarden poco en pedirme una cita, pero a la vez me entra un microataque de ansiedad. Lo de hablar por hablar como que me cansa. Así, al menos, si quedamos y no me gusta, no me he pasado semanas perdiendo el tiempo en conocer a alguien que no me interesa, como me ha pasado con tantos otros. Es mejor vernos en persona lo antes posible, porque se puede tener mucha química hablando, pero cara a cara no conectar una mierda. Y nunca se sabe.

Me dan mi café y ando hasta casa. A medio camino, se pone a llover. Genial. No encuentro taxi y no tengo paraguas, así que llego empapada. Entro y saludo a mi portero, que ni levanta la cabeza del periódico. Veo que en el buzón han dejado una notificación de Hacienda. Estupendo. Subo al ascensor y abro la carta. Suelto el cuarto «hostia puta» del día.

Entro en casa y recuerdo que la cama sigue sin hacer. Me meto en la ducha, porque me he destemplado con la lluvia y pongo la ropa mojada en la lavadora. Me visto con un chándal calentito. Me siento en mi escritorio un segundo mientras me peino y, al abrir WhatsApp, me encuentro con un mensaje de mi representante recordándome que teníamos una llamada con un cliente hace ya diez minutos. Mierda. Le pregunto si siguen conectados y me dice que sí. Me cambio la sudadera por una camisa para parecer profesional y me conecto a la reunión. Sonrío incómoda y me disculpo por llegar tarde. Les digo que hoy no tengo el día y se ríen. Deben de pensar que soy una inútil. Me doy cuenta de que mi cama sigue deshecha. Puta cama. Asiento durante toda la reunión, pero no escucho nada de lo que explican.

Dan las dos del mediodía y no sé qué hacerme para comer. Abro la nevera e invento posibles menús con los cuatro ingredientes que tengo. Me siento mientras se calienta una crema de calabaza en el microondas y me como un quesito Babybel. Seb me ha escrito de nuevo.

Seb
Qué haces el jueves? Lo tienes libre?

Yo
Por la tarde podría quedar

Seb
Genial. Nos vemos entonces?

Yo
Venga
Qué te apetece hacer?

Seb

Podemos ir por la zona del Born
Conozco un local muy chulo con música
en directo y mesas de billar

Yo

Vivo en el Born y no me suena
ese sitio

Seb

.Tendré que enseñarte yo Barcelona?
Parece mentira que el australiano
proponga sitios a la catalana, eh?…

Yo

Es que mis amigas viven todas
por la zona alta y hago poca
vida por aquí…, pero me encanta
el Born, así que lo que propones
suena bien

Seb

Pues el próximo día lo hacemos
al revés y me enseñas tú a mí
la zona alta…

Pongo una hamburguesa de pollo y espinacas en la sartén y una tarrina de arroz de un minuto en el microondas. Tengo la taza y algún plato de anoche en la pila y decido lavarlos. No tengo lavaplatos y me da la sensación de que me paso el día lavando platos y tazas y vasos y sartenes y cubiertos… Suelo ponerme un pódcast de fondo, pero hoy todo se me hace bola y solo miro por la ventana mientras enjabono la sartén y espío a mi vecino. Es un tío muy raro con una cresta roja que vive con sus padres. Desde mi cocina observo su dormitorio y siempre lo tiene superdesordenado. Enseguida me acuerdo de que mi cama sigue sin hacer y de que encima de mi sofá hay una montaña de ropa por planchar, como siempre. Él debe de pensar lo mismo de mí. Se me resbala mi vaso favorito de las manos y se cae al suelo, rompiéndose en mil pedazos. Es el quinto «me cago en todo» del día. Voy al armario y cojo el aspirador. No está cargado. Miro al suelo paralizada y grito muy fuerte. Me siento en la cocina mientras resoplo pensativa y frustrada. Cojo el móvil y le escribo a Laura.

Yo
He quedado con Seb el jueves

Laura
OMG, jajaja
Bien, amor! Es cute y quizá te va
bien quedar con alguien con hábitos
saludables, no?

Yo
Jajaja. Supongo. Ya te contaré

Decido dejar el móvil un rato y hacer mi cama para terminar mi mala racha de caos y de romper cosas.

Suena
«Best Worst Year», de Strabe

3

Quan érem tu i jo sols

El otro día en casa de mis padres encontré un libro pequeñito de poesía romántica catalana. A mi madre le encanta leer y tiene libros escondidos por toda la casa. Hay libros en todos los rincones y estanterías en las que no queda libre ni un hueco y, a veces, cuando me aburro, los miro. Este era un libro viejo y lleno de polvo. No juzgo un libro por la portada, pero me llamó la atención por su color rojo coral ya apagado por el tiempo, su diminuto tamaño y unas ilustraciones modernistas preciosas. Me senté en el sillón a leer.

Quan erem tu i jo sols,
Ara en les noves tardes,
Amb futbol a la radio
I una llum que s'anava
Desfent arran dels vidres,
No pensàvem en res.
Parlavem moll, molt Baix,
Com si teméssim;
Com si acabessim de trobar-nos
Per primera vegada
A l'ombra d'un Vell plàtan
De qualsevol passeig.

Miré el sofá y me acordé de Fer. Recordé una tarde en la que nos entró la risa floja por unas flores secas que tenía mi madre en la mesa que, vete a saber por qué, nos hacían mucha gracia. Estábamos estirados bajo la manta del sofá, con algún partido de fútbol de fondo como casi todos los domingos en casa de mis padres. Los dos nos reíamos sin parar. Mis padres estaban en la cocina preparando la cena. Su casa es de esas casas abiertas, sin puertas ni paredes, y si levantaba un poco la cabeza los veía.

Fer tenía su nariz pegada a la mía e intercalábamos besos con sonrisas. Me abrazaba y me besaba el cuello. Y no podíamos dejar de reír. Me susurraba al oído cosas que me quería hacer y yo le hacía callar tapándole la boca con la mano. Durante unos segundos, nos quedamos quietos mirándonos y sonriendo y, mientras me ponía el pelo detrás de la oreja, yo jugaba y recorría toda su cara con el dedo.

—Esto son tus ojos, esto son tus cejas, esto tu nariz, esto es tu boca...

Fer se reía y me besaba.

—*Tesquierya.*

Nos habíamos inventado nuestra propia forma de decir «te quiero» mezclando el inglés, el español y el catalán.

—Y yo a ti —me contestaba acariciándome—. Eres la cosa que más quiero en este mundo.

—Lo sé.

Y así pasábamos las tardes de domingo en casa de mis padres hace ya muchos años, cuando de fondo solo se escuchaba el partido de fútbol en la tele y el extractor de la cocina.

Suena
«Fade Into You», de Mazzy Star

4

En vez de flores te he traído un paraguas

Me estoy acabando de aplicar el pintalabios en el espejo del salón cuando recuerdo que tampoco llevo máscara de pestañas. Me he hecho el mismo look que para mi primera cita con Alek y una parte de mí piensa que no debería haber aceptado ir a una cita con alguien que ya sé o veo venir que no me va a gustar. Lo primero en lo que te fijas cuando conoces a alguien es en el físico. Es la atracción sexual. Es todo puramente superficial. Luego viene la parte de conexión emocional, de gustos, valores y cosas en común. Con el tiempo, se va creando esa unión que poco a poco está más entrelazada y se producen conexiones reales gracias a experiencias juntos y a nuestro amigo el tiempo. Pero de primeras, al menos físicamente, tiene que atraerte. Y, aunque estuviera bueno, sé que no es mi tipo y que no me va a gustar nada. Pero aquí estoy, perfumada y enfundada en un conjunto negro, a punto de salir por la puerta, porque Seb ya está abajo en la calle esperando desde hace cinco minutos. Mientras bajo en el ascensor me miro una última vez en el espejo y me digo a mí misma que intentaré al menos pasármelo bien. Luego me quejo de cómo me va y pienso en todas esas comedias románticas que tanto me gustan. Y, en ese mismo instante, me doy cuenta de que, en casi todas, la historia empieza con los protagonistas odiándose o no gustándose. En *Orgullo y prejuicio*, los protagonistas no se soportan. En *Tienes un e-mail* tampoco. Y en *Cómo perder a un chico en 10 días*, lo mismo. Abro la puerta que da a la calle y ahí está Seb. Me sonríe y me entrega un paraguas color lila con topos rosas.

—¿Y esto? —le digo mientras lo abrazo cariñosamente—. Muchas gracias.

—Bueno, ayer me dijiste que llevas unos días

de mala suerte y que anoche te dejaste el paraguas en el taxi…, y está lloviendo bastante, así que he pensado que lo ibas a necesitar —me dice mientras me mira ilusionado.

—Muchas gracias. De verdad —le contesto riendo.

Es el paraguas más feo que he visto en mi vida. Pero me parece todo un detalle y me hace ilusión que haya pensado en esto. Cómo se nota que no es de aquí.

—No es muy bonito, pero es el único que tenían. Además, creo que está roto. Pero, mira, en vez de traerte flores en una primera cita, he preferido obsequiarte con un paraguas de primera cita —me dice mientras señala mi calle indicando que tenemos que ir en esa dirección.

—¿Dónde está ese bar? —pregunto mientras caminamos y nos adentramos en el Born.

—Es aquí cerca —me dice—. Oye, ¿qué opinas de mi outfit? Me lo he pensado mucho sabiendo que te dedicas a la moda. —Se coloca la chaqueta y da una pequeña vuelta.

—No está mal. El negro siempre es una buena idea —le digo.

Me horroriza lo que lleva, pero no sé qué más

decir. Lleva pantalones pitillo rotos oscuros, unas botas cowboy cortas, una camiseta enorme negra sin mangas y una chupa con parches estilo motero. Por si fuera poco, lleva una bandana roja atada al cuello y un piercing de aro en la nariz. Si es que sabía que no me iba a gustar.

No sentamos en un bar y hablamos un rato del dating, de relaciones y de nuestras vidas. Me cuenta una historia rarísima de su última novia y me quiero morir. Le pregunto de qué zona de Australia es.

—¿Te sabes la historia de la colonización europea de Australia? —me pregunta.

—Mmm, no —contesto un poco confundida y con una risa incómoda.

—Pues te lo explico. ¿Preparada para la clase de historia? Soy un friki de la historia —me dice sonriendo feliz—. En 1606... —empieza.

De golpe, recuerdo el reel que compartió Alek hace un tiempo en el que el humorista hablaba de lo incómodo que es tener que aguantar una cita cuando ya sabes que la persona no te gusta.

—Y en 1788, la Primera Flota británica, compuesta por barcos que transportaban convictos entonces...

Bebo un trago de mi copa de vino. Mátame, camión.

Suena

«Rockin' Robin», de Bobby Day

5

Reflejos de soledad

Estoy en un restaurante por el cumpleaños de Sofía y en la mesa me han puesto al lado de un chico que también ha venido solo. La diferencia entre él y yo es que él no está soltero y yo sí. Pero la cumpleañera ha pensado que, al venir solos los dos, era mejor sentarnos juntos para que nos hagamos compañía y así tampoco separar a los demás invitados, que son parejas. Se acerca la Navidad y llevo ya varias de estas cenas, porque algunas de las chicas cumplen a final de año.

A todas he ido sola. A mi otro lado tengo a CB, el marido de Chloe. Y delante están Claudia y

Víctor. Mientras cenamos, me dedico a observar a mi alrededor y me fijo en cómo actúan todos, en las dinámicas de cada pareja y en lo diferentes que son en realidad. Una parte de mí les tiene envidia. Hace tanto tiempo que no estoy en una comida o cumpleaños acompañada por alguien… La cena está en pleno apogeo y el restaurante nos ilumina con luces cálidas que cuelgan del techo. Esto crea un ambiente íntimo y acogedor. El murmullo constante de conversaciones y risas llena la sala.

El chico de al lado me pregunta sobre mi trabajo y yo lo interrogo a él por el suyo. Charlamos un rato y enseguida se pone a hablar con el chico que tiene a su otro lado. Me quedo embobada mirando una vela, que se deshace rápidamente, goteando con lentitud y manchando el mantel. Desconecto completamente de todo y solo escucho risas y gritos, conversaciones sobre bodas y el día a día en casa, al hijo de una amiga llorando, los planes de vacaciones de Navidad, copas brindando y discursos felices, bromas y vaciladas de los chicos a algún novio presionándolo para que le pida ya matrimonio a su chica, historias de la boda del fin de semana pasado, aventuras de amigos en común, apodos cariñosos e intercambios de opiniones similares entre las parejas…

Me dedico a observar. Chloe le toca el pelo a CB mientras bebe pequeños sorbitos de su copa de vino y este le sonríe y le cuenta algo, los ojos de ella brillan con entusiasmo. Claudia y Víctor se inclinan el uno hacia el otro, susurrándose palabras que acaban en carcajadas. La complicidad entre Olivia y Edu parece la de una de esas parejas que llevan toda la vida, aunque apenas hayan estado juntos un año. Sofía y Tomás se besan de vez en cuando y, casi siempre, por uno o por otro, buscan el contacto físico. En cada rincón hay signos de amor: manos entrelazadas, risas compartidas, sonrisas sinceras y miradas de complicidad. Como espectadora, mi mente comienza a vagar. Pienso en todas las veces que yo también compartí momentos así y en cómo esos recuerdos ahora los siento como fragmentos de otro tiempo…, de otra vida. Me pregunto por qué mis relaciones no han perdurado tanto y siento una punzada de tristeza al darme cuenta de que, esta noche y todas las últimas noches, soy la única sin alguien a mi lado.

Llega la comida y como en silencio, cada bocado pasa desapercibido en mi paladar mientras mis pensamientos continúan su viaje solitario. Veo a mis amigas disfrutando de su compañía y siento una mezcla de envidia y desesperanza. Mi soledad se hace más palpable con cada risa que no comparto, cada mirada que no devuelvo y cada conversación en la que no participo.

Contemplo una copa de vino, olvidada y apenas tocada de alguien que aún sigue con cerveza, y me siento como ella. Su contenido, oscuro y solitario, refleja mi propio corazón, rebosante de expectativas y de muchas decepciones amorosas. Rodeada de tanto amor y en estas fechas que antes eran mis favoritas del año, noto que mi soledad se hace más evidente y que, al igual que esa copa de vino, permanezco intacta, esperando ser apreciada en una noche donde todos parecen haber encontrado a su compañero de brindis y de vida.

Cojo mi copa de vino casi vacía y la levanto en un discreto brindis silencioso a mi propia compañía, aceptando mi soledad como única compañera fiel. Observo el líquido moverse lentamente y siento que mi corazón hace lo mismo. Un corazón lleno de emociones que se agita medio vacío, sin encontrar un lugar donde descansar.

Al final de la noche, mientras las parejas se levantan para marcharse y todos nos despedimos con abrazos y besos, intercambiando palabras y promesas de futuros encuentros, me quedo sentada un poco más dejando que la soledad me envuelva por completo. Salgo del restaurante y me subo a un taxi algo más ligera, pero a la vez más pesada, con la carga y la certeza de que, aunque esta noche ha sido difícil, aún me queda un hueco pequeño para la esperanza.

Suena
«When It's Cold I'd Like to Die», de Moby

6

Y… ¿vais a volver a veros?

—¿Sabéis quiénes lo han dejado? —anuncia Sam con los ojos como platos.

—¿Quién? —pregunta Andy con cara de preocupación mientras se dispone a comerse unos espaguetis deliciosos que ya ha enrollado en la cuchara.

Andy, que lleva en una nube de amor desde que se casó y que ahora con el embarazo tiene las hormonas revolucionadas, nos pidió no recibir malas noticias en las quedadas.

—Alba y Rafa. Alba, la del cole —nos cuenta.

—¡Qué dices! Pero si llevaban media vida, ¿no? —exclama Marta.

—Sí, y además eran muy monos, ¿no? ¿No iban a terapia y todo? —pregunto yo.

—Sí, creo que sí. Pues él de mono nada. Ya tiene novia nueva, tías. Una compañera de trabajo encima —explica Sam con las cejas fruncidas y cortando la carne más agresivamente de lo normal.

—Pero si llevaban diez años juntos…, flipo —resopla Andy.

Estamos en el bar de siempre, que está lleno, y nos ha tocado la mesa cerca de la ventana. La terraza está abarrotada de grupos de gente pegada a las estufas. Hace frío.

—Y, además, con todo lo que les pasó… Es muy fuerte. No entiendo cómo las parejas hoy en día lo dejan después de tanto y en un segundo tienen una vida nueva —declara Marta.

—Yo tampoco lo acabo de entender, la verdad —digo indignada.

Alba me caía superbién y siempre tuvimos cierta complicidad. «Pobre», pienso.

—Pues sí, sí, muy fuerte. Fue algo mutuo y pasó hace nada, pero luego ella se enteró de que había otra, porque fue a buscar cosas a su piso y había otros objetos que no eran suyos, como… de chica. Un champú para rizos, un sujetador de deporte, gomas de pelo en el baño… Todo muy fuerte —explica Sam.

—Qué horror, de verdad. Cómo le haces eso a alguien con quien has vivido diez años, no lo entiendo —cuestiona Andy.

—Bueno, lo más seguro es que ya llevaran liados más tiempo, ¿no? —afirma Marta.

—Puede ser, no sé. Nunca lo sabremos. Bueno, da igual, pobre Alba, ¿cómo está? —digo con la boca llena de espaguetis.

—Pues la tía está de coña. El otro día salimos de fiesta para animarla y se pilló a uno que estaba buenísimo. Y Alba estará bien, es una tía fuerte. Y le dije que ahora le vendrán solo cosas buenas. Que toca conocer y disfrutar de otros hombres —explica Sam.

—Total, hay muchos peces en el mar y la tía lleva en la misma puta pecera desde los diecinueve —dice Marta riendo.

—Hablando de peces en el mar… Gina, marrana, ¿tú qué tal por París con… James? —me suelta Sam con su mirada traviesa mientras me golpea el brazo.

Sonrío y tomo un sorbo de vino.

—Buah, muy fuerte —exclamo.

—Muy fuerte. Yo sigo en shock. Cuando llegué a casa, soñé con ellos. —Ríe Andy.

—Pues sí, tías. O sea, a ver, quedamos en su hotel para tomar algo, muy heavy y todo bien… Una cita diez de diez —explico.

—Y luego estuvieron enviándose mensajitos y fotos toda la noche —añade Andy.

—¿QUÉ? ¿Y qué tal? —grita Sam.

Los integrantes de la mesa de al lado se giran. Andy le coge el brazo a Sam intentando calmarla y todas nos reímos.

—Y… ¿vais a volver a veros? —me pregunta Marta con una sonrisa de oreja a oreja.

—Pues no lo sé. Yo espero que sí. Tengo en mente ir a Nueva York en mayo y espero verlo entonces, pero, claro, son muchos meses y, no sé, no creo que me espere… —les digo con un hilo de voz.

—¿Tú qué sabes, tía? Quizá todo te ha pasado para que la vida te lleve a Nueva York y por fin te conviertas realmente en Carrie Bradshaw… y todas nos vamos a verte. —Sonríe Sam emocionada.

—Tú lo que quieres es ir a Nueva York, guapa —la vacilo.

—Pues claro. No te jode. Pero también quiero que te cases con James Matthews —me responde mientras me guiña el ojo.

—Total, tía. Yo creo en el destino —dice Andy mientras acaricia su enorme barriga.

—¿Y entonces… vendrás a mi boda con él? —grita Marta.

—Ja, ja, ja, ¿te imaginas? Sería lo más. —Reímos todas.

—Bueno, por si acaso yo te dejo el más uno puesto hasta el mismo día. ¡Nunca se sabe! —añade Marta mientras me abraza.

—Que salieras con James Matthews y vinierais juntos a la boda de Marta sería tan bonito —dice Sam.

—Eso es la subestimación del año… Sería puto épico —exclamo alzando mi copa.

Suena

«Champagne Coast», de Blood Orange

7

Resulta que mi prototipo son los hombres narcisistas

Esta mañana estoy en casa aburrida y me he puesto un pódcast muy interesante en el que una psicóloga habla sobre el impacto de salir con personas narcisistas y he tomado apuntes para ver si en 2025 puedo aplicármelos y cambio mi suerte en el amor. La psicóloga es Ramani Durvasula, una experta en narcisismo que dice que lo primero que tenemos que hacer es dejar de asumir que una persona narcisista es superficial, que engaña y que es egoísta. Que hay muchos tipos de narcisistas. En el pódcast da consejos sobre cómo verlos venir y los va describiendo en distintas categorías:

Narcisista grandioso

Es altamente extrovertido, carismático y, a menudo, encantador. Tiende a exagerar sus logros y habilidades y busca constantemente la admiración y la validación de los demás. Pueden ser arrogantes y sentirse superiores al resto. Les gusta ser el centro de atención y pueden manipular para mantener su estatus.

Narcisista vulnerable

Aunque también buscan la admiración, son más introvertidos y parecen tímidos o reservados. Son hipersensibles a la crítica y sienten resentimiento y envidia. Pueden jugar el papel de víctimas para obtener simpatía y atención. Tienden a sentirse incomprendidos y creen que merecen más reconocimiento del que reciben.

Narcisista encubierto

Similar al narcisista vulnerable, pero con una máscara más firme de modestia y humildad. Parecen muy amables y desinteresados.

Utilizan la manipulación emocional y la victimización para obtener lo que quieren. Son muy sutiles en su autopromoción y en la búsqueda de admiración.

Narcisista sexual

Utilizan la sexualidad para atraer la admiración y la atención. Pueden ser promiscuos y utilizar su atractivo físico como herramienta de manipulación. Suelen ser infieles y tener múltiples relaciones simultáneas, siempre en busca de gratificación y validación sexual. Su autoestima está estrechamente ligada a su atractivo sexual.

Narcisista intelectual

Se ven a sí mismos como personas extremadamente inteligentes y superiores en términos de conocimiento e incluso económicos. Les gusta demostrar su inteligencia y menosprecian a los demás por su falta de conocimiento. Buscan admiración a través de sus logros intelectuales, académicos y laborales.

Luego hay dos tipos más como el maligno (el más peligroso de todos) y el comunitario, que es un poco el que va de héroe.

Sigo escuchando el pódcast y la chica que entrevista a la psicóloga le pregunta cómo podemos saber que alguien es narcisista. La doctora responde con dos escenarios diferentes para que se entienda mejor lo que quiere decir:

Una relación ideal: es una relación respetuosa en la que hay compasión, en la que no existen miedos ni inseguridades, porque sientes que con esa persona puedes ser una misma y estás a salvo. El otro valora tu perspectiva y la relación es un balance de sacrificio y respeto constante.

Una relación con una persona narcisista: no te sientes válida, no es constante. Manipula y también te intoxica, emplea las emociones y la pasión para ello. Estás en una duda constante y buscas, de alguna manera, su aprobación. Y no sientes que estás a salvo del todo. Es una relación en la que incluso puede haber burla o vacile y, cuando el tema se pone serio, la pareja se vuelve evasiva. Los narcisistas también son personas que se cansan rápido de las cosas. Les gusta la novedad.

Algo que delata a una persona narcisista son los buenos y los malos días. Si la persona tiene un buen día, estará genial. Porque la vida va a su favor, está bien, tiene el poder. El control. Y se vuelve más divertido y cariñoso.

Si, en cambio, tiene un mal día, todo va a ir a peor. Para la persona narcisista hay una pérdida de equilibrio y control, no lleva bien desestabilizarse y lo empezará a devaluar todo, incluso a ti. Todo se volverá inestable.

La chica le pregunta a la doctora cómo sería una cita con una persona narcisista y cómo calarla desde el principio. La psicóloga describe la cita como emocionante, porque habrá mucha conexión inicial. Esa conexión se notará desde los mensajes previos, incluso con las fotos compartidas. Él mostrará mucho interés, será sexy y seguramente se mostrará cariñoso. Será una persona que parecerá generosa y extrovertida. Suelen tener mucho carisma. Y la cita puede sorprender con un punto mágico. Pero, si nos fijamos bien, parecerá que nunca está cien por cien presente.

Tendrá un punto distraído que puede parecer mono o que está nervioso, pero es delatador. Un ejemplo es que los hombres narcisistas también serán extremadamente simpáticos con una camarera del sitio donde se está produciendo la cita e incluso llegarán a tontear con ella. Y, de primeras, parecerán que son muy seguros de sí mismos y que es incluso divertido. Porque en lo que son expertos los narcisistas es en hacer cosas que son clarísimas red flags, pero salvarlas de tal manera que una no es consciente, porque se disculpan o hacen ver que todo era una broma o un juego y, por alguna extraña razón, nuestra mente lo acaba olvidando. Y, como en realidad la cita ha ido un ochenta por ciento bien, ignoraremos ese veinte por ciento que ha hecho saltar todas las alarmas.

Me paro a pensar y podría poner nombre a cada tipo de narcisista. Me acuerdo de que el año pasado salí durante unos pocos meses con un narcisista grandioso…, encubierto; para mí, este último es de los peores… Porque no los ves venir. Me pregunto entonces si existirán combinaciones de tipos de narcisistas.

Conocí a Javi por una aplicación. Llegó media hora tarde a la primera cita, pero me dijo que no encontraba sitio para aparcar y me supo mal juzgarlo, además pensé «Encima que ha venido de fuera de Barcelona…». Ignoré la primera red flag. Javi irradiaba confianza, era atractivo, igual que en las fotos, y me tiraba piropos y cumplidos. Era atento, encantador y parecía profundamente interesado en mí. Me besó antes de dejarme en casa. La cita fue de diez. Pero, como diría la doctora Ramani, el encanto inicial de un narcisista es en realidad una trampa que oculta muchas complejidades emocionales o, entre otras palabras, issues. Ojalá hubiera sabido esto antes, doctora Ramani.

Recuerdo que las primeras citas con Javi fueron muy bien, casi mágicas. En una de las primeras, me llevó a un mirador y trajo consigo mantas, por si teníamos frío, y unas cervezas. Estuvimos hablando bajo la luz de la luna con vistas a una silenciosa y nocturna Barcelona hasta las cuatro de la mañana. Javi sabía exactamente qué decir para hacerme sentir especial. Me contó que él iba a terapia y nos abrimos los dos en canal. Poco después, yo me fui de viaje por trabajo casi un mes y hablamos cada día durante horas y por videollamada.

Hacíamos planes todo el rato, por la mañana y por la noche. Se quedaba a dormir en casa, conoció a mis amigos… Estábamos… juntos. Sé que nunca lo etiquetamos ni nos dijimos «te quiero», pero hacíamos vida de pareja. Con el tiempo, empecé a notar y a sentir cosas. Vi grietas. Grietas de él, pero también mías. Me fui haciendo preguntas, si realmente estaba pillada por él o si en realidad tenía muchas ganas de encontrar a alguien. Si me gustaba de verdad o si estaba ignorando todas las red flags. Si solo estaba con él porque temía quedarme sola de nuevo…

Un día, después de que le compartiera un logro en el trabajo, Javi apenas mostró interés y me habló de sus propios éxitos, minimizando los míos. Fue un golpe sutil pero profundo. Y entonces recuerdo que también hizo algo parecido la primera vez que vino a mi casa, justo cuando le dije que vivía sola desde hacía ocho años. Deambuló por el piso, incrédulo, como si no pudiese entender que alguien como yo pudiera vivir sola en una casa tan bonita y llena de cosas solo mías, de nadie más. Él seguía viviendo con sus padres y, cuanto más me conocía, creo que cada vez se sentía más pequeño. Recuerdo también que le traje una camiseta de Nueva York y que lo invité a un festival de música. Esas cosas yo solo las hacía con cariño y especialmente para él, pero lo agobiaron y enfatizaron más su inseguridad.

Íbamos poco a poco y, de golpe, un día me dijo que tenía pensado irse a vivir fuera, que le molaba la idea de conocer Australia. Que quería irse a surfear y a vivir experiencias. No entendí muy bien el giro de guion, pero le contesté que, aunque me entristecía, su sueño era válido y que adelante. En el fondo, sabía que no lo iba a hacer. Pero es que todo giraba en torno a él.

Siempre llegaba una hora tarde. No podíamos improvisar jamás, porque se organizaba el día en torno a sus horarios y los míos daban igual. Hablaba demasiado de su ex. Cuando trataba de expresarle cómo me sentía, me acusaba de ser demasiado sensible o de hacer un drama por nada. Había demasiadas red flags. Las noches románticas se convirtieron en discusiones sobre trivialidades que Javi convertía en grandes problemas que me dejaban llorando en casa de mis padres sin entender nada. Dejó de decirme cumplidos, ya no era tan cariñoso y todo se enfrió, y, poco a poco, sentí que caminaba sobre cáscaras de huevo tratando de evitar cualquier cosa que pudiera desencadenar la inseguridad de Javi y también la mía.

Como Miranda con Steve, no quería que se sintiera menos y entré en una dinámica en la que fui perdiendo mi identidad. Todo en lo que había mejorado, todo lo que había trabajado después de Fer, se desmoronaba. ¿Valía la pena? No.

La doctora Ramani explica en la entrevista que esta dinámica es común en las relaciones con narcisistas. El punto de inflexión llegó cuando un día quedamos para comer y me dejó sola en el restaurante porque se había organizado mal para ir a buscar una cosa y se tuvo que marchar. Sentada en ese restaurante pensé en la falta de empatía de Javi, en su necesidad de admiración constante, en la confusión emocional que me generaba cada día con sus mensajes y actos contradictorios y la falta de ganas de crear un futuro conmigo que veía reflejada clarísimamente en ese asiento vacío delante de mí en el restaurante. Lo peor de todo fue que Javi me dejó ese mismo fin de semana. Me ignoró y me dio largas durante unos días y supe que era inminente. Le dije que teníamos que hablar y me explicó que no quería una relación y que sentía que yo buscaba esto mucho más que él. Le contesté que no entendía el estilo de vida que llevábamos entonces… No comprendía las llamadas constantes y le quise hacer ver que él me había dado a entender, después de dos meses así, que sí que quería una relación, aunque fuera poco a poco. Me dijo que lo sentía y que le había salido actuar así porque estaba súper a gusto conmigo.

Me dolió profundamente su engaño, pero mis amigas definieron la ruptura como «Te ha hecho un favor». Pienso mucho en Javi. Quizá no tanto en él, pero sí en lo que significó esa breve etapa de mi vida. Porque yo no sé si hubiera sabido dejarlo. Como con Fer, me tenía completamente hipnotizada y en esa primera cita solo veía un ochenta por ciento que me gustaba e ignoré ese veinte por ciento que no. Pero ese veinte por ciento acabó siendo un cuarenta por ciento, que luego fue un sesenta por ciento… Y Javi pasó a tener un veinte por ciento de él que me gustaba y un ochenta por ciento que no.

Suena
«Nantes», de Beirut

8

Cuestión de tiempo

1 de enero
02.45 a. m.

Un fin de año más, aquí estoy sola en una fiesta de Nochevieja. Chloe nos ha invitado a Carla y a mí a una cena en su casa, porque sabía que no teníamos plan ni con quién celebrarlo. A nuestra edad, Nochevieja se ha vuelto una celebración de esas que ya se hacen en pareja. Ya no salimos ni hacemos el imbécil. Ya no nos juntamos las chicas para cenar o compramos entradas para alguna fiesta clandestina. Ahora el plan es el mismo que tienen mis padres. Una cena de unas veinticinco personas y todo son parejas. Carla se acaba de ir porque está cansada. Los chicos, borrachos y como si estuvieran de boda, cantan canciones de Raphael en el karaoke. Yo estoy sentada con las chicas en el sofá. Aunque la mayoría están casadas y varias son madres ya, son muy simpáticas y me han incluido rápidamente en el grupo. No paramos de reír.

Yo en principio tenía una fiesta con varios amigos, pero iban Fer y su novia, y pensaron que, para que nadie estuviese incómodo, era mejor que yo no fuese. Agradezco no haber ido, porque tengo demasiados malos recuerdos de los fines de año con Fer.

Cada 31 de diciembre, me prometo que el siguiente será mi año. Me lo digo a mí misma con una convicción casi ciega, como Bridget Jones cuando le dice a Mark Darcy que uno de sus objetivos de año nuevo es cumplir sus objetivos de año nuevo. Llevo haciéndome listas de propósitos cada año desde que tengo uso de razón. De los diez que escribo, solo dos o menos los termino cumpliendo. Ni dejo de beber, ni me hago vegetariana, ni consigo perder esos kilos de más, ni me acuerdo de llamar más a menudo a mi abuela, ni consigo irme a dormir a las diez de la noche, ni acabo de leer todos los libros que desearía, ni me deshago de prendas cada vez que me compro nuevas, ni reciclo, ni dejo de comer chocolate, ni permito que mi pelo descanse y crezca natural, ni ahorro para irme a Japón, ni hago un año de celibato, ni dejo de quedar con gilipollas, ni hago détox, ni dejo de fumar… Básicamente, no hago nada de lo que me propongo.

Como el Día de la Marmota, siento que es otro año más… Los únicos cambios que he notado este 2024 son una piel más arrugada, que se me da mejor madrugar, que cada vez tengo menos hambre, que disfruto estando sola sin hacer nada más que pensar, que me dan palo las discotecas, que me gustan las series cortas, que cada día tengo una nueva manía, que necesito más siestas, que las resacas ya no son lo que eran y que hay cosas que ya no soporto, como las multitudes y los sonidos muy fuertes… ¿O esto es hacerse mayor? LOL.

Y este año ha sido otra temporada más en mi serie personal de desastres amorosos. Y, como en *Anatomía de Grey*, siento que aún me quedan ocho temporadas más. Este año ha sido de mucha frustración emocional. Muchos mensajes en leído, muchas falsas ilusiones, mucho trabajo de investigación para ver si seguía soltero, muchas conversaciones que nunca llegaron, promesas que no se cumplieron, muchos encuentros incómodos, citas que no repetiría nunca, polvos sin más y mucho beso que no debería haber regalado.

Rebobino a unas horas antes camino a casa de Chloe en el coche de Carla, que me ha pasado a buscar.

—Si esta noche alguien se atreve a decirme frases como «Tu problema es que idealizas el amor», «¿No crees que eres demasiado exigente?», «Todo llega, tienes que tener paciencia» o «No era para ti, es el destino», te juro que les escupo las uvas en la cara —le solté a Carla mientras me ponía más pintalabios y me daba los últimos retoques.

—Yo es que odio Nochevieja. Solo me apetece el karaoke —me contestó Carla retocándose en el retrovisor de su coche—. Pero tenemos que ser positivas y quemar nuestros deseos, ¿eh? Si no lo hacemos, 2025 será una puta mierda —me dijo mientras sacaba el karaoke del maletero.

—No necesito otro año de puta mierda —le pedía mientras la ayudaba.

Eso es, no necesito otro año de puta mierda. Pero, haciéndole caso a Carla, pienso que no todo ha sido malo. He aprendido mucho este año. He aprendido que puedo sobrevivir, un año más, sin un hombre a mi lado. Que puedo reírme de mis propios desastres, que puedo llorar y seguir adelante. Como Carrie Bradshaw, he descubierto que la relación más importante es la que tengo conmigo misma. Y de golpe me doy cuenta de algo crucial. ¿Puedo añadir a mi lista de propósitos dejar ya de una vez de medir mi felicidad por el estado de mi vida amorosa? ¿Qué pasa si tengo treinta años y estoy soltera? ¿Qué ocurre si no he encontrado a mi Mr. Big? Que le jodan a Mr. Big.

El otro día mi hermana, que tiene ocho años menos que yo y que ha empezado a ver *Sexo en Nueva York*, me dijo que no tenía que rayarme.

—Es normal que pienses como piensas si ves *Sexo en Nueva York* —me explicó convencida.

—¿A que sí? —le contesté.

—Aun así, piensa que no has llegado todavía a tu *Carrie era* realmente. Porque no tienen treinta, ¿no? Tienen… treinta y cuatro, ¿verdad? —me preguntó mientras se reía con algún comentario de Samantha, su personaje favorito.

—Ya, están en sus thirties. De hecho, Samantha cumple cuarenta en la primera película. *Forty and fabulous* —le contesté.

—Tú, Gina, estás en tu *single and fabulous exclamation mark era* —Me abrazó fuerte.

Parece mentira que mi hermana tenga razón. Será que es verdad que la vida no es una comedia romántica de dos horas, donde todo se resuelve mágicamente en el último acto. La vida son… La vida son muchas historias complicadas, llenas de buenos y malos momentos. Así que, aunque ya haya pedido y quemado los deseos con Carla, me prometo algo diferente para el próximo año. Me prometo ser más amable conmigo misma, ser más paciente y disfrutar del viaje sin obsesionarme con el destino final. Tengo que dejar de ser tan neurótica y aplicarme la frase de Samantha, no de Carrie: «Te amo, pero me amo más a mí».

Prometo ser más positiva. Prometo disfrutar de cada segundo.

Porque si algo he aprendido es que estar soltera no es un estado de desesperación, sino una oportunidad para conocerme mejor, para crecer y para prepararme para cuando llegue el momento adecuado. Cierro los ojos y me prometo seguir soñando, seguir esperando y seguir creyendo que la vida, con todas sus complicaciones, todavía tiene mucho por ofrecerme. Porque, al final del día, la esperanza es lo que nos mantiene vivos y el amor en todas sus formas es lo que hace que todo valga la pena. Y prometo seguir creyendo en el amor.

—¿Quieres un poco más de cava, rubia? —me grita CB.

—Ya tardabas —contesto mientras me levanto.

—«¿Qué pasará? ¿Qué misterio habrá? / Puede ser mi gran noche. / Y al despertar, ya mi vida sabrá / algo que no conoce…» —cantan los chicos al unísono.

Me vibra el bolsillo. Tengo un mensaje. Es James.

Feliz año, Gina! Ven a Nueva York pronto!
Quiero verte otra vez!

—«Será, será esta noche ideal / que ya nunca se olvida. / Podré reír y soñar y bailar, / disfrutando la vida» —gritan a pleno pulmón.

Miro a mi alrededor y sonrío. Ya es otro año… ¿Qué pasará?

Sí, eso me pregunto yo.

Suena
«Mi gran noche», de Raphael